春潮NOV+

回到分歧的路口

这里无事发生

[芬]赛尔雅·瓦哈瓦 著

何静蕾 译

中信出版集团 | 北京

图书在版编目（CIP）数据

这里无事发生 /(芬)赛尔雅·瓦哈瓦著；何静蕾
译. -- 北京：中信出版社，2021.5
书名原文：Things that Fall from the Sky
ISBN 978-7-5217-2510-0

Ⅰ.①这… Ⅱ.①赛…②何… Ⅲ.①长篇小说－芬
兰－现代 Ⅳ.①I531.45

中国版本图书馆CIP数据核字(2020)第240487号

THINGS THAT FALL FROM THE SKY by Selja Ahava
Original text copyright © Selja Ahava, 2015
Published by arrangement with Helsinki Literary Agency, through The Grayhawk Agency Ltd.
Simplified Chinese translation copyright © 2021 by CITIC Press Corporation
ALL RIGHTS RESERVED

本书仅限中国大陆地区发行销售

这里无事发生

著　者：[芬]赛尔雅·瓦哈瓦
译　者：何静蕾
出版发行：中信出版集团股份有限公司
　　　　　（北京市朝阳区惠新东街甲 4 号富盛大厦 2 座　邮编　100029）
承　印　者：北京盛通印刷股份有限公司

开　本：787mm×1092mm　1/32　印　张：6.75　字　数：120千字
版　次：2021 年 5 月第 1 版　　　　印　次：2021 年 5 月第 1 次印刷
京权图字：01-2021-1006
书　号：ISBN 978-7-5217-2510-0
定　价：49.80 元

版权所有·侵权必究
如有印刷、装订问题，本公司负责调换。
服务热线：400-600-8099
投稿邮箱：author@citicpub.com

"起始"指自身不承接他者,而由他者所承接的部分。

"中段"指承前启后的部分。

"结尾",与起始相反,意指出于必要或常情,自然而然发生于某事件之后,且不必由他者承接的部分。

——亚里士多德,《诗学》

目录

墙中少女
1

被雷击五次的
哈米什·麦凯
97

人鱼的水花
133

这便是结局了
167

墙中少女

A

WALLED-IN

GIRL

1

"你在想什么呢?"爸爸瞥着后视镜问。

我们的目光相遇了。

"没想什么。"我回答。

我们在加油站转弯。右转是超大庄园,左转是锯末小屋,这些日子,我们大多往右转。

大人总是问孩子在想什么,但如果孩子实话实说,他们又会忧心忡忡。要是你今年三岁,这天又刚好刮风,最好别望着地平线回答"我只是在想风是从哪儿刮来的",你最好说自己正在假装开飞机;要是你五岁,就别问太多关于死亡或者化石的问题,因为大人不愿想到死亡,不愿想到童话故事里的人物变老，或者耶稣是怎么死在十字架上的。小时候，我以为妈妈的奶奶是块化石，因为她早就去世了。然而现在我知道世上有蕨类植物化石、蜗牛化石和恐龙化石，但没有奶奶化石。同样，也没有人类化石。

大人看到汽车后座上的孩子，会以为她在数卡车或者路标上的字母，要么就是在玩过家家，假装每根手指是一位公主。其实，她可能正在心里描绘着某个大人，或者思考着时间。

我常常思考时间。我的大脑里有灰色的脑细胞，我就是用它们来思考时间是怎样流逝，又是怎样治愈伤痛的。大人们说时间会治愈伤痛，意思是随着时间流逝，发生过的事情变成回忆，你对它的印象就越来越模糊。当你几乎想不起来的时候，你就被治好了。

但我不想忘记妈妈。我想好好地记住她。没有飞机，没有冰块，没有门廊上的大洞，我想记住妈妈平时的样子。

平时的妈妈。

妈妈穿着毛绒拖鞋和爸爸的大号针织套衫走来走去。妈妈用被子在沙发一角给我做了个窝，把我裹在里边，再去柴房取柴火。然后她在火炉前给我穿好当天的衣服。她先打开炉门，把衣服放在火旁烘烤，驱除上面的寒气，再尽快给我换上。妈妈在铲雪，戴着蓝色绒球帽。她有时紧紧握着一杯热茶，好让手暖和起来。

妈妈平时是这个样子。

爸爸说"时间会治愈伤痛"是一句蠢话。他认为只有一无所知、什么都没经历过的人才会这么说。我的灰色脑细胞觉得爸爸可能是对的，因为，至少到目前为止，时间还没有治愈任何东西，哪怕暑假已经开始了。

于是我回答"没想什么"，然后继续在后座上思考时间的治愈之力。保险起见，我决定每天都回忆妈妈，免得被时间治愈得过了头。

雨刮器扫过车窗玻璃，窗上全是水汽。爸爸全速冲进了一个水塘，他喜欢水花飞溅的样子。

现在正在下雨。

这些天总是下雨。在学校，老师们总说："喂，我们可不是糖人儿。"出门时，我们要穿上防水裤、雨衣和长筒雨靴。我想象着糖做的孩子们在雨中融化，操场上只留下黏糊糊、甜滋滋的防水衣物。

从前住在锯末小屋时，爸爸总担心屋顶漏水，他时刻关注着，免得阁楼霉烂。妈妈常说爸爸大惊小怪，太爱操心日常琐事。

但这些日子，需要操心的事太多了，爸爸也几乎不在意雨水了。这些日子，爸爸会注视着雨中的树枝，把自己淋得透湿。姑姑对此只有一句："就让他折腾一会儿吧。"

现在，爸爸每天都开车来学校接我。住在锯末小屋的时候，妈妈只有在下雨天才会来接我。工作一天后，妈妈身上有烟草的气味。她的衬衫领口别着胸针，手指沾着染料，头发拧成干活时的简单发髻。

工作时的妈妈。

妈妈工作的地方在地下室，弥漫着灰尘、烟草和旧衣物的气息，从地板到天花板都堆得满满的。妈妈有金色的大剪刀，用来裁剪布料。她还有一个插满了大头针的天鹅绒针垫，可以系在手腕上。她留了一根长指甲，可以精准地在布料折叠处划线。她的发髻上插着一支笔。

谁都不准碰妈妈的剪刀。晚上，妈妈会把剪刀在钩子上挂好。

妈妈工作时是这个样子。

2

终于,汽车拐上了通往超大庄园的林荫道。我放下思绪,用意识在妈妈的记忆碎片周围画了一圈白线。以这种方法收尾,我之后还能将这些思绪在同一个地方重新拾起。

我喜欢这条绿树成荫的笔直车道。一拐过弯,古老的道路便在眼前豁然铺展,仿佛拉开了剧院的天鹅绒大幕,灯光转换,提琴响起,马队奔驰,车夫的斗篷在风中翻卷。道路尽头矗立着超大庄园。

房子一旦有了年岁,便不再像是人工产物了。它有了生命,犹如长满苔藓的石头或者参天古树。我想象着超大庄园像一个大蘑菇一样从土地中升起。首先,一圈石头出现了;接着,石圈中涌出红影,并固化成了墙壁;随着时间流逝,房子被铺上了木板,开了窗户,一座塔楼蹦了出来,屋顶也变得更加结实。石头地基染上了斑驳的苔藓,墙壁也褪了色。超大庄园就此诞生。

橡树与槭树在上空交织成拱顶,形成了一条绿色隧道,耳畔响起碾轧沙石的声音。我们有点像是进入了魔法森林,或者时光隧道。时光裂开了一道口子,庄园出现在前方。

"爸爸,开慢点。"

这样一个目的地,你到来时应该从容些。从前,绅士淑女们是乘着马车来的,这里还特地为访客建了一座马厩。

姑姑的绵羊就在庄园正面主台阶前的草地上,八只白羊,三只黑羊。人们嘴里的"黑羊"其实是指棕色的羊,正如他们说鱼游在水里,其实鱼是潜在水里。

布鲁诺是羊群中最温顺的一只。无论我何时走向它,它都会咩咩叫着,把脑袋抵在我的大腿上。现在它还撞不倒我,成年羊能一头将我撞个跟头,绵羊有着坚硬的脑壳。

布鲁诺小时候,我曾用奶瓶喂过它,所以它才会这么温顺。现在它把我当成了妈妈,每当我走过,它总会跑到栏杆旁,细声细气地咩咩叫。布鲁诺就是一只棕羊,它的一只耳朵垂得比另一只低些,因为它妈妈差点咬掉了那只耳朵。哪怕羊羔刚从自己的肚子里出来,羊妈妈也可能认不清谁是它的宝宝。

布鲁诺求生欲很强,像头野兽似的紧吸着奶瓶不松口。奶水洒得到处都是,奶瓶里咕嘟咕嘟冒着泡,布鲁诺的嘴吧唧吧唧直响。一低头,就能看见它的肚子渐渐鼓胀起来,灌满了温暖的奶水。给布鲁诺喂奶不是件好玩的工

这里无事发生

作,我抓奶瓶的手湿乎乎地沾满了奶,这场面可不像童书里说的那么可爱。

布鲁诺现在能吃草了。

今天绵羊们看起来可怜兮兮的:没有一只羊说"咩"。它们卧在草地上,四脚严严实实地塞在肚皮下面。它们总和固定的同伴趴在一起,棕羊彼此都是朋友,白羊则分成两组,它们互相打量,仿佛搞不懂对方为什么会和自己出现在同一个围栏里。

下大雨时,羊毛会紧贴在身上,绵羊们看起来瘦瘦的、湿湿的。姑姑说,如果把羊扔进水里,它们立马就会沉底的。

超大庄园的小烟囱冒着烟,这说明安努姑姑已经在厨房生起了火。这是好事,不然厨房会冷得你连外套都不想脱。

我明白,既然住在庄园里,就不该抱怨这点冷气。

3

我六岁那年,安努姑姑买的彩票上有七个数字与大奖号码相同,将真金白银的双注超级头奖纳入囊中:一笔巨款,数额大到难以描述。它要胜过桌游里的"非洲之星"——那可是比所有红宝石和钞票加起来都值钱的大钻石。中了彩票,你便必须重新思考人生了。比如说,你喜欢工作吗?还是想继续玩"非洲之星"?想不想换个地方住?想不想学点马术、买些钻石?然后你就得权衡思量,什么是生命中最重要的东西。家庭?当然,但那和金钱无关。再说,安努姑姑没有家庭,因为她没有小孩。除此之外,中彩票也不会让你上太空,钱也买不来快乐,家里也不会有仆人伺候你。你还得留心窃贼。

为庆祝安努姑姑中了双注超级头奖,我们去她家喝咖啡。驾车途中,爸爸妈妈告诉我,中彩票是个秘密,无论在幼儿园、朋友家、商店还是公交车上都不能跟别人说。只有我们几个知道——姑姑做了个奶油水果大蛋糕,这是一场秘密庆典。我喜欢庆典、秘密和蛋糕。

盛装打扮的妈妈。

妈妈有条丝绸连衣裙,上面有银黑相间的图案。妈妈很高,因为她穿高跟鞋。她将头发盘成一个螺旋状的高髻,仿佛有个冰激凌机将它吸入了云端。爸爸端详着妈妈,微笑着。他挺起胸膛,想把身体伸展得和妈妈一样高。妈妈的手链叮当作响。由于不必拂去滑落在脸上的散发,妈妈似乎都不知道如何安放双手了。

妈妈打扮后是这个样子。

我很好奇中奖后的安努姑姑是什么模样,不过她看起来跟以前并无二致,只是又染红了头发。只在有了进项或者卖出了一大张墙帷时,她才会去美发店。几次见面后,她的头发就又恢复如初了。她生得高大壮实,有时却又腼腆得不敢直视你的眼睛。她说起话来轻声细气,却长着一双男人的手。由于长期接触肥皂、水和纺织物上的灰尘,她的手粗糙发红,有时候皮肤干燥,指节处都裂了口。这双手活像一对熊掌,你甚至能看见手指之间突出的筋腱。

我们挤进了安努姑姑的公寓。公寓只有一个房间,外加一个藏在储物间的厨房。门厅十分狭窄,堆满了外套和鞋子,客人必须排成一列才能进入,安努姑姑还得紧贴在厕所门上,好让客人们通过。我们将外套丢在餐具柜上。整个门厅都塞得满满的。

妈妈、爸爸和安努姑姑又是拥抱,又是慨叹:哎呀,从没想过,我说真的,谁能想到呢?你能怎么办呢?

"头奖蛋糕在哪儿?"我问。

安努姑姑眨眨眼,将我拉进了房间。

姑姑的桌子移到了房间正中,上面放了一个大平盘。平盘上铺着桌布,摆着咖啡杯和碟子,还有世上最漂亮的大蛋糕，覆盆子和白巧克力奶油做成的大蛋糕。蛋糕表面镶满了甘草糖、覆盆子夹心饼干、巧克力、小熊软糖、爆米花和心形棉花糖。蛋糕中央插着一柄纸伞、一根闪亮的调酒棒、一朵杏仁蛋白糖做的玫瑰和一支蜡烛。看着这个蛋糕，我便明白中了双注头奖果然是件值得大肆庆祝的事儿。妈妈笑到最后哭了出来。安努姑姑之前一定已经笑够了，此刻她一面给爸爸妈妈搬折叠椅，一面轻声抽着鼻子。

彩票奖金则不见踪影。

"不能带它回家，"安努姑姑解释说，"奖金直接送到银行了。"

"这个房间装得下吗？"

"我不确定。"

"你去看过吗？"

姑姑摇摇头，把双手握在一起，然后她耸耸肩。

"浴缸装得下吗？"

"说实话，我之前真该去看看的。"安努姑姑说。

爸爸开了一瓶起泡酒，我则给自己倒了杯雅法[1]混可

---

1 雅法：一种芬兰常见的橙味碳酸饮料。（本书脚注若无特殊说明，均为译者注。）

乐，对此三个大人没有一句责备。

"好，那么，恭喜百万富翁！"爸爸说，接着我们碰了杯。

"欸，好吧，我能说什么呢？"姑姑说，"我这就去约牙医和妇科医生！"

大人们又大笑起来，擦着眼睛。

然后姑姑拿起蛋糕铲说："选吧，萨拉，要我切哪一块？"

于是我选了小熊软糖、爆米花和糖玫瑰。

经过一番考量，安努姑姑决定买下我家附近的庄园宅邸。这是座有着粉红色外墙的老宅，安努姑姑开车来我家时总能看见它矗立在空地的另一边。它名叫"大庄园"，但爸爸管它叫"超大庄园"，因为它太大了，相比之下姑姑太小，而且没有人真的需要十五间卧室。很快，人人都这样称呼它了。

超大庄园已经空置了二十年。此前，它是办公场所；再往前，是某种仓库；再往前，是儿童夏令营的营地；再往前是战争时期，医院将产房搬到这里，好躲避轰炸；再往前，庄园的家具在拍卖会上被廉价出售；再往前，超大庄园里住着于伦霍克夫人，她的祖父于1877年为家族建造了这个地方。

安努姑姑搬出公寓,成了庄园的女主人。超大庄园的蓝色客厅能放下安努姑姑的全套旧家当,姑姑的家具搬进来后就堆在门厅的角落里,又矮,又寒酸,又不牢靠,真是鄙陋不堪。

木质旧餐具柜是唯一一件与超大庄园相配的家具。它色调暗沉、质感厚重,曾经放在姑姑的小公寓里,一半藏在门后面,当时甚至连将柜门完全拉开的空间都没有。但就算蜗居一隅,餐具柜看起来也是公寓里唯一真正的家具。如今搬进了起居室,它抬头挺胸、扬眉吐气,将精美的装饰图案尽情展现在人们眼前。

我喜欢姑姑的捷克咖啡杯。它们各不相同,放在一起却十分和谐。杯子上有各色玫瑰花,有风景画,有金色涡纹,有纤细的草叶、赭红色的心和绿色的三角。杯子挂在餐具柜里的钩子上,下方放着配套的碟子。

到了喝咖啡的时间,安努姑姑就会让我布置餐桌,选择我想要的杯子。通常我选给自己的杯子上印着玫瑰或一群围成一圈的身穿民族服饰的女孩,选给妈妈的杯子上印着熊掌或紫罗兰,选给爸爸的杯子上印着金色树木或浅蓝色帆船,选给安努姑姑的则是一个特大号杯子,上面是一个戴着旧式女帽的姑娘在喂小鹿斑比。

超大庄园有着厚重的石头地基、通往玻璃游廊的宽大台阶、两根门前的柱子和一座塔楼。庄园坐落在大地上,稳固得如同一棵橡树。你可以通过三个开口爬进房基内部,但因为没有窗户,里面伸手不见五指。庄园正前方有一块圆形草坪,还有一条通往草坪的林荫道。南端的塔楼顶部有个度夏用的小房间,可以从螺旋楼梯爬上去。上面可以 360 度欣赏庄园风景,于是安努姑姑安排人将一张床搬到了房间中央。这张床是被拆成两部分后用绳索从窗户吊上去的,因为螺旋楼梯太窄了。安努姑姑就睡在塔楼顶端的小房间里,直睡到秋深夜凉。

楼下是厨房和五个房间,全都以色彩命名:蔚蓝之屋、碧绿之屋、丁香紫之屋和明黄之屋,以及深红门厅。楼上是图书室和十五间小卧室。卧室里有金属病床和战时建的小火炉,除此之外便空空如也了。图书室里没有书,只有一个古旧的大书柜,是在阁楼里发现的,姑姑、爸爸和妈妈一起将它搬到了图书室。后来姑姑又在拍卖会上买了沙发、吸烟桌和扶手椅。

一搬进超大庄园,安努姑姑就买了一群绵羊。她在庄园前方竖起栅栏,给羊圈出了一块牧场。由于喷泉的水泵坏了,喷泉池就成了它们的饮水槽。这些羊是姑姑的割草机,根据草的长势,羊圈被挪到庄园的各个方位。

超大庄园有了呼吸。一切事物都有安放之处,一切事物都彼此协调,你可以肆意敞开房门。哪怕没有家具,房间看上去也温馨舒适,但姑姑还是时不时买些东西回来,比如枝形吊灯。

寒冬降临,木墙渐渐抵御不住寒气的侵蚀,窗格间还长着绿绿的青苔,窗户上已经挂了霜。房子里很冷,姑姑关闭了大多数房间,退守到楼下的一个角落,这样便不需要给整座房子供暖了。她在明黄之屋里铺好过冬的床,活动范围也仅限于明黄之屋与厨房。厨房成了房子的入口,深红门厅、一楼的其他房间和整个二楼都成了冷藏库。安努姑姑用羊毛封起房门,用胶带将所有缝隙都贴得严严实实。最后,她在门前挂起羊毛毯和旧被褥,将所有羊毛垫子都搬进了明黄之屋。

人们都说姑姑疯了,居然冬天住在这么个没有取暖设施的地方。她应该装个取暖系统,或者至少雇个看门人来清清雪,但姑姑就是喜欢点燃那些贴着瓷砖的火炉,还说这下保存羊奶可方便了,往冰冷的地板上一放就行。

春天,房子发出嘎吱嘎吱的呻吟声。暖意使木板墙活了过来,房子的血液再度循环,那声音听起来仿佛有人成天走来走去,但安努姑姑不怕。"超大庄园只是在伸展筋骨。"她说。呻吟声与嘎吱声一直持续到整座房子都暖和起来,然后房子便安稳了,楼上的脚步声也消停了。

房子新建起来时,你必须把它当个孩子一样悉心照料。它需要调整、修补、看顾、维护,但当房子已有比如说两百年历史的时候,它就能自己照料自己了。所有容易腐朽的部分已经腐朽,所有容易下沉开裂的部分已经下沉开裂。你只要好好地住在里面就行,就像之前的居住者一样。

超大庄园老迈而迟缓。它的木墙板总比季节变化得慢一步,有点像海边的气候,因为受大海的影响而少有起伏。夏日暑气直到十一月才会消散,春天凝滞的暖意还没充满各个房间,七月的热浪又已经来袭。安努姑姑适应了房子的节奏,她穿上羊毛衫,开始了慢悠悠的生活。她每周开车去商店,每天和绵羊聊天一次,每天十一点喝一杯可可。喝完可可,她要到楼下的房间去逛一圈,在每个房间里站一会儿。安努姑姑喜欢空旷的场所,她可不想念那些家具。来客人时,她再也不用紧贴在厕所门上了。

4

安努姑姑成为超大庄园女主人那天,我们都被叫去帮忙。虽然没人从庄园里搬走,但我们搬出来的东西比搬进去的还要多。

安努姑姑的全部家当用一辆货车就塞下了,但我们还是将曾经属于办公室、儿童夏令营和仓库的家具都搬了出来——数量可不少。安努姑姑只留下了楼上的病床。每间卧室都有一两张金属床,装着轮子,可以移动,还有能竖起来的床栏。爸爸看到这些床就打寒战,因为他九岁时割过阑尾,安努姑姑却觉得这样很有气氛。

乔迁之夜,安努姑姑轻声对我说:"过来,萨拉,我给你看样东西。"

我们爬上楼梯,来到二楼转角的平台。两条走廊通往两个方向,我们走上了西边的那条。姑姑打开了第三个房间的门。

是一间空空的卧室,有一张床和两把旧木椅。透过窗子可以看见前庭的草坪、喷泉、货车和一堆纸箱,姑姑却走向了左手边的墙。

"瞧。"安努姑姑说。她抓住嵌板上缘的中间部分,使劲一拉。

"是秘门!"我低声说。

真的,嵌板无声无息地滑开了。秘门可容一个人通过，后面有个小房间。姑姑让我试着开门，用手指可以在木板上方摸索到一个小铁栓，把它往左一拨，就能听见轻微的"咔嗒"声，然后嵌板就开了。

我们进了密室。姑姑事先在地上放了两个天鹅绒垫子和一张羊毛毯，这样就能坐得舒服些。后墙有扇小窗户，但透不了多少光，因为上面爬着茂密的藤蔓。

"从外面只能看见藤蔓。"姑姑说。

我以前从未进过真正的密室，也没来过真正的庄园，如今，突然之间，姑姑却搬进了一座童话城堡。

密室看起来像个谈论秘密的好地方，谈论那种在幼儿园、公交车或者朋友家都不能提的秘密。于是我问安努姑姑：

"姑姑，你是怎么知道双注大奖的号码的？"保险起见，我压低了嗓音。

安努姑姑点点头，思索了一会儿，然后注视着我的眼睛："全凭运气。"

"既然全凭运气，为什么不能提？"

"正因为这样才不能提，"安努姑姑说，"太难说清楚了。"

我们倾听着楼下的嘈杂声。妈妈在厨房洗刷，爸爸在门厅,埋头在一堆箱子里制造噪声。庄园里咚咚哐哐的声音比公寓楼里还多,因为姑姑让我们在室内也穿着鞋。毕竟这是乔迁之日,而且地板也太凉,楼梯上还有许多裂口。

"萨拉!萨拉!我们要走啦!"妈妈的声音顺着烟囱管道从房间的火炉里传了出来。

我看看安努姑姑,她点点头,意思是我们该下楼了。

我们沉默地走出秘门,合上了嵌板。

"可以把这儿当成我俩的秘密吗?"我轻声问。

"当然。"姑姑回答。

接着我们就下楼了。

一整晚我都心情很好,因为现在我有了个庄园女主人姑姑,而且我是唯一一个知道墙中密室的人。

5

裸体的妈妈。

妈妈从桑拿房的大桶里舀热水时,你能看见她的大腿透着光。妈妈的腿很长,每次弯腿时膝盖都会咔嗒作响。跟安努姑姑不同,妈妈的大腿上没有毛。

妈妈坐在桑拿房的长凳上,被热气熏得昏昏欲睡,身上一股椰子味儿。她抹了椰子味儿的护发素。妈妈弓着背，一只脚悬在空中，一下一下转着圈。我假装自己是吟游诗人，用手指拨弄妈妈肚皮上的皱褶，嘴里唱着："咚咚咚叮！"

妈妈肚皮上有个长条伤疤，我就是从这里出来的。

妈妈裸体时是这个样子。

在锯末小屋，爸爸总是一个人蒸桑拿，因为他觉得这样呼吸自在些。妈妈蒸桑拿时话太多，经常谈些过于严肃的事，而且往桑拿炉上浇水前总是忘记征求他人的同意。妈妈经常一次浇上三勺水，然后跑到雪地里去。爸爸可受不了这种事。

有时候，当只有我们两人坐在长凳上时，我想摸摸妈妈的乳房，然后妈妈会拨开我的手。

"我当宝宝的时候也摸过。"

"那不一样。"妈妈回答。

"就这一次嘛。"我请求道。

"不行。"

妈妈一边的乳头是瘪的，因为我小时候吮吸得太厉害，另一边是正常的。

6

时光流逝,妈妈随之后退,现在我只能看见她的裤子和长长的直发。微风扬起她的头发。她一只手夹着香烟,另一只手扶着它。妈妈抽着烟,飘向了远方。

妈妈在床边俯身,头发从耳后滑落,连同亲吻一起落在我的脸上。我说"妈妈俯身"时,她还在这里,但如果我说她"曾在这里俯身",那她就已经走了。爸爸不跟人谈妈妈,因为他无法用过去时来描述妈妈。时不时地,他会脱口而出妈妈的名字,但句子说了一半便戛然而止。

妈妈的生命也是戛然而止的。

爸爸倒是会提起妈妈的遗物,因为它们依然存在。"汉内莱的滑雪板在地下室里。"爸爸说着,语气平淡如常,"那个汉内莱上过漆的柜子,在那儿,在汉内莱的靴子旁边。"

你可以在一个真人四周画一条线,就像侦探给地板上的尸体画轮廓线一样。当一个人躺在地板上时,你很容易就会理解死亡,但当尸体被抬走,地板上就只剩下一圈白色的轮廓,里面空空如也。这有点像彩票中奖,只有一堆钞票放在面前人们才更容易理解它的意义。然而回忆,只有那圈白色的轮廓线。

在电影里，回忆以黑白影像的形式出现。

一个人被留在路边，车开走了，透过后视镜你能看见那个人越来越小，最后完全消失。他们就是这样在电影里逝去的。

但事实并非如此，时间没有让妈妈变小，也没有让她褪色。妈妈只是爆炸成了碎片，那些碎片依然悬浮在空气里。所有碎片都清清楚楚——头发、手指、轻笑、皮肤上的皱纹、鼻孔、咔嗒咔嗒的膝盖、咕噜咕噜的肚子，但妈妈本人却不见了。

7

"一切都风平浪静。太阳光辉闪耀，大海蔚蓝动人。但你忘了，mon ami[1]，邪恶永远蛰伏在我们中间。而这一邪恶的个体、这个冷血生物、这个暗杀者，他尤其诡计多端。他在其他人上床睡觉后潜入图书室，在门后一直等到女仆收拾完桌子，鲍尔斯先生回来。Et puis[2]——凶手从背后用匕首捅死了鲍尔斯先生，

---

1 mon ami：法语，"我的朋友"。说话夹带法语是阿加莎·克里斯蒂笔下的比利时侦探波洛的习惯。这段话出自她的小说《罗杰疑案》。
2 Et puis：法语，"然后"。

真是心狠手辣!他把匕首藏在先前留在房中的夹克里便离开了,因为他知道次日早上他还会回来,毕竟他将是第一个被叫到现场的人!医生——或者说我该使用你真正的头衔?你这满怀愁苦与愤懑的孤儿,年纪轻轻就发下了复仇的毒誓!你杀死了鲍尔斯先生,你陷害了帕克先生,你在所有人面前伪装成一个医生,但你可休想瞒过我的眼睛!"

每个周日,我们——爸爸、妈妈和我都会坐下来观看电视上我们最爱的比利时侦探破案节目。说真的,这个节目对小孩来说太吓人了,但我们家并不像我朋友家有那么多规矩,因为爸爸小时候是住在国外的,至于妈妈,她的规矩只有一条:别在森林里迷路。

这是唯一一档我们三人都喜欢的节目。爸爸喜欢其中的景物风光,因为他和安努姑姑小时候生活在英格兰。妈妈想猜凶手是谁,她会故意猜错,再编出各种异想天开的情节。我则偏爱揭晓所有谜团的最后一幕。

剧中的这位侦探并非飞毛腿或神枪手,但他依然是常胜将军。他能记住微小的细节,这些细节总是逃过了其他人的眼睛。他能在脑海中把这些细节铺展开来,组成一幅图景,并将它们组合起来,镶嵌在不同的位置上。最终,他填上了所有空缺。他就是这样找出凶手的。

最后一幕总是大同小异。Bon[1]，是揭开真相的时候了。我们走吧，黑斯廷斯，他边说边严肃地看一眼他的朋友。每一次，黑斯廷斯都像上次那样满脸迷惑。

妈妈大喊："是帕克！凶手是帕克！"

爸爸和我发出"嘘"声，让她别说话。

客人们都被召集到一个房间里，通常是图书室或者客厅。他们的人数总是恰到好处，不算太多，不然一个房间塞不下，最后一幕就毁了；也不能太少，不然凶手就太好猜了。

客人们总是藏着秘密，有些与凶案有关，有些没有。所有事情总是发生在同一个地方，比如庄园中、火车上或者小村庄里——侦探可没精力在大城市里跑来跑去。

然后他就开始了最后的演说。一桩接一桩，他揭示所有事件是怎样发生的。

有时凶手试图逃跑，有时他们会哭喊或者怒吼，有时他们会去掉伪装，但最终总是难逃法网。

Oui, bien sûr, mademoiselle[2]. 我什么都知道，他边说

---

[1] Bon：法语，"好"。
[2] Qui, bien sûr, mademoiselle：法语，"是的，当然了，小姐"。

边拍着年轻姑娘的手,现在嘛,我们来一杯黑加仑汁吧。帕克太太向我保证这是英格兰最美味的。

"如果凶手是帕克,剧情就合理多了。"妈妈说。

"这肯定是在康沃尔郡拍的。"爸爸说。

我一言不发,心满意足,因为案件再一次得到了解决。谎言揭穿,演出结束,所有事情都合情合理,所有角色都有其目的。一切都安排得妥妥帖帖。

妈妈的手指和脚趾。

妈妈的手指修长干燥,散发着香烟味。她的指甲是椭圆形的,大拇指指甲有着凹凸不平的纹路。寒冷时妈妈的手指藏在衣袖里,思考时手指插在发间。妈妈的大脚趾是歪的。夏天妈妈穿露趾凉鞋,把趾甲染成血红色。

"快看,妈妈的脚趾被剁掉啦。"爸爸说,不过这是个玩笑。

妈妈的手指和脚趾是这个样子。

8

我们曾住在锯末小屋,那是我们的家。它的墙面是黄白色的,屋顶是红色的。我还是小宝宝时,爸爸妈妈买下了它。它有一楼、二楼和地下室。最初,二楼又旧又冷,但我们还是慢慢地搬了上去,我也有了自己的房间。一楼的热气漫上二楼,二楼的冷气也流入了一楼的门厅。

锯末小屋的一切都在不断翻新。每次来了客人,妈妈带他们四处参观时,都会向他们描述这些东西以前或者将来的模样。

"这里本来有堵带门的墙。"她在门厅里向客人解释。

"我已经给这里备好了墙纸。"她在楼上说。那里的墙上只有光秃秃的木板,粘着黄色旧墙纸的碎屑。

"这里本来是阳台,后来扩建了。只要你愿意,可以在这儿加两个房间呢。"

妈妈甚至没意识到房子的真实面目是什么样的。有时候,当我们看着照片上那些——比如那些没有防雨板的窗户、像圣诞花环一样晃悠的电线、撕落一半的旧墙纸,或者其他尚未完工的地方,妈妈就会嚷嚷起来:"太可怕了,你看看这墙!什么时候才能处理好?我可是买好了新墙纸在等着呢……"

我们家叫作锯末小屋,因为墙里填满了锯末。每次爸爸干了什么活儿,都会被搞得满身锯末,用力关地下室的门时洒落一把,拓宽门道时漏出一袋。吊灯顶上有锯末,阁楼地板上也有锯末,锯末甚至会跑进油烟机里。

所有锯末都被收集起来,铲进袋子,倒在阁楼地板上。爸爸说阁楼就是房子的羊毛帽,锯末能给我们保温。

时不时地,我们会迎来翻修日。当天爸爸妈妈连早饭都是站着吃的,没人有空来陪我,他们甚至常常忘记做可可饮料。翻修日屋里很冷,因为楼下的两扇门都开着,爸爸妈妈拿着面包片进进出出。

有一次,二楼客厅里所有的东西全都被搬进了一楼厨房。整个一楼突然变小了,两个房间合并成了一个:餐桌、沙发、龟背竹、冰箱、扶手椅、衣柜和电视都被塞进了一间屋子,几乎没了走动的空间。

相反,客厅变大了,大得能产生回声。我想跳舞,但爸爸妈妈说不行。妈妈说我应该去看电视,但遥控器不见了,电视只能放五频道,因此他们准许我在开始干活儿前跳一会儿。

只有书柜还裹着塑料包装屹立在客厅地板中央。书柜之前总是靠在同一面墙上,现在似乎墙的一部分被移到了房间中央,套着白色塑料袋,看起来像个幽灵。书柜后面露出了黄色的墙壁。房间其余部分的墙壁都是浅棕色的,但随着搁板、照片、衣柜被拆除搬走,一块块黄色就显露了出来,仿佛它们留下了鲜明的影子:搁板的影子、衣柜的影子、三幅照片的影子。我惊奇地凝视着它们,真没想到家具后面还有这么多墙!

爸爸摸着墙,用钉锤从墙上起出一枚枚钉子。搁板的螺丝钉留下了大洞,窗帘轨和窗台板的也一样。

然后爸爸拆下了墙上的插座。

"爸爸,你会死的!"我喊道。因为带电的东西是不能碰的,尤其不能用尖锐的东西碰。

"没事儿。"爸爸说。

他招呼我过去,我们一起看着插座面板被卸下来。

面板下能看见墙壁内部,里面有电线的秘密通道,棕色和蓝色的引线就是从那里通过的。插座里有金属护板、小螺丝钉和其他金属部件。

"它们有点像插座的骨骼。"爸爸说。

我知道骨骼是什么,因为我读过一本关于骨骼的书。蚯蚓没有骨骼,但蛇有,不过蚯蚓倒是有个梯子[1]。我又想,电线就是房子的血管,因为它们遍布墙中,从一个房间通往另一个。

妈妈摸着墙,找到一个钉子,用钉锤起了出来。然后

---

[1] 蚯蚓梯:一些国家流行用蚯蚓堆肥箱制作肥料,将数个饲养蚯蚓的箱子堆叠在一起,互相连通,底部为接肥液的托盘。蚯蚓梯位于托盘上方,有一定坡度,便于落入托盘的蚯蚓回到箱中。

她说:"萨拉,过来靠墙站着。"

于是我站在了以前放衣柜的地方。妈妈从衣袋里掏出一支很粗的毡头笔,紧挨着我头顶上方画了一条线,然后在一边写上了"2007.5.12"。

"站在这里,"妈妈说,"别动。"

她开始沿着我的身体轮廓画线,从肩膀旁起笔,顺着胳膊往下,挠痒痒般穿过手指间,然后弯进腋窝,再一直向下画到地板,然后从另一边往上画。笔散发出气味:里面有酒精。孩子们是不准碰酒精的,因为它很难戒掉——不知道别的孩子准不准,反正家里只有我一个孩子。最终妈妈画了我的头发,两条辫子和带小球的头绳。当笔尖回到我的肩膀时,妈妈说:"行啦,你可以蹦出来了。"

我蹦了出来,打量着客厅墙壁中央的肖像。它就像电影里彼得·潘的剪影,有微微分开的双脚、飘逸的衬衣下摆。

"如果我们之后有人搬进来重新装修房子,发现了这个,就能看到这里曾经住过一个怎样的女孩。"

"哦,我们要搬到哪儿去?"我问。

"哪儿也不去。"妈妈大笑着说,"我们永远不会离开这里!有太多工程要完成呢。"

爸爸也笑了，但听起来不像笑声。他在妈妈的画旁写上"萨拉"。

"哦，想不到你块头挺大呀？"妈妈叹息道，轮番打量着我和墙上的轮廓，"你真长这么大啦？"

"你把她的轮廓画圆润了。"爸爸说，但他自己的声音听起来也很惊讶。

我走过去站在图画旁，以证实他们的看法。

然后我取来自己的毡头笔，给图画上的衣服添上颜色：青绿色紧身裤和条纹上衣。我还画了眼睛、脸颊、嘴巴和头绳。我想，翻修日棒就棒在这些地方！站着吃的面包、捅进插座的尖玩意儿、毡头笔装饰的墙壁和空旷到可以跳舞的客厅。

爸爸妈妈开始忙着做嵌板。爸爸在后院锯木头，妈妈从门厅把锯好的木头搬进来。爸爸的工具有水准仪、卷尺和铅笔，妈妈只有她的眼睛外加一把锤子。锯过三块木板后，他俩起了争执。虽然爸爸妈妈是一起干翻修活儿的，但他们总觉得另一个人做错了。这一次是妈妈先起的头，她觉得在老木屋里用水准仪太蠢了，因为所有地板、墙壁和犄角旮旯本来就都是歪歪斜斜的。爸爸觉得妈妈什么事都做不妥当，而且干活有始无终，搞得他事事都得善后。争吵过程总是千篇一律，因为两人都不肯改变做法。这次妈妈生气只是因为爸爸新买了一个水准仪。

即使如此,晚上,我们的墙壁还是装上了崭新明亮的木质嵌板。不过没人有精力好好欣赏,因为房间已经暗了,而且大家也都累了。第二天早晨,妈妈下楼时看出爸爸昨晚睡前已打扫过房子,于是对着洁白的新墙露出微笑,也对嵌板下我的紧身裤和上衣微笑。我也微笑着,然后妈妈决定给全家人做松饼。

早晨的妈妈。

早晨,妈妈戴着眼镜,径直走向咖啡机。按下按钮后,她会去上一次卫生间。她穿过客厅,拉开窗帘,轻薄的晨衣在身后飘动。妈妈打开窗户,如果是在温暖的夏天早晨,她还会打开门廊的门。然后她说:"啊。"

早晨的妈妈是这个样子。

9

在童话里,少女们遭到囚禁,墙上就会长出一棵桦树。妈妈告诉我,这种事在现实中发生过。

塞满锯末的墙壁中可没地方囚禁少女。有一次,我在阁楼的锯末里翻出一艘手工制作的小木船，还有一个女孩形状的盐瓶。我也曾将苹果籽塞进墙上的裂缝，但里面没有长出任何东西。

往插座里面窥视过后，我知道哪怕种子没发芽，墙壁里还是会长出其他各种各样的东西。里面有通道，电线在其中蜿蜒而行，从楼下爬到楼上，从一个房间爬到另一个房间，有点像血管。电线是棕色和蓝色的，它们连接着开关、插座和电灯，它们很危险，因为你使用钻子的时候可能会钻透它们。墙里还有红色和蓝色的水管，但哪怕是红色的，也免不了结冰。

除了电线，锯末墙里还藏着旧门框和壁橱的残骸，可以通过敲打墙壁找出它们的位置。它们有点像房子的伤疤。你能看出门厅墙壁原本是房子的外墙——现在，从这里延伸出了通往洗手间的走廊。楼上有一块房门形状的嵌板——以前这里是通往阳台的。房门口的墙纸常常撕裂，因为冬天刨花板会热胀冷缩。

有一次，爸爸的大腿上生出了小红点，他以为是我们度假时把臭虫带回了家。他把所有床垫、被褥、枕头和衣物都搬进桑拿间，将温度调高，并往卧室墙壁和地板的缝隙里大喷杀虫剂，又在床脚上抹了一层厚厚的凡士林。床垫整整在桑拿间烤了一天一夜，一大群晕头转向的蜘蛛钻出墙壁，在墙纸上磕磕绊绊地爬行，又掉在裸露的床面上。妈妈冲爸爸大发雷霆——没有发现一只臭虫。

妈妈的嗓音。

妈妈发火时，嗓音从肚子里升起，整个胸腔都会产生共鸣。有一回，她强行拉开两条打架的狗，那次她嚷嚷得可响亮了。

妈妈的咳嗽声，是妈妈独处时发出的声音。爸爸认为妈妈对粉尘过敏，但妈妈不这么想。妈妈的声音温柔又低沉，尤其是讲故事的时候。有一次我朋友在电话里听到妈妈的声音，还以为她是个男人。有时候妈妈会嘟囔着说话，因为她嘴里叼着大头针。

妈妈的嗓音是这个样子。

偶尔会有一些松散的锯末从天花板的缝隙落到枕头上，因为有很多地方的裂缝没有堵好。夜里，你能听见锯末自己在窸窸窣窣地动。活物也没闲着：毛虫爬，松鼠挖，黄蜂刮擦着油漆。冬天，霜冻使木板紧绷起来，大雪压住棚屋的门，把它给冻住了。春天到来时，屋顶发出噼噼啪啪的声音，有时这样的声音会持续好几晚才迎来最后的爆发。屋顶像军队一样准备迎击，它颤动着，静静滴落着水滴。然后，终于，在一个夜晚，屋顶上的一大块冰松脱了。几百斤重的冰，从锡屋顶上轰鸣着滑落。这块厚冰从窗前落下，砸在地上，动静那么大，一瞬间我还以为世界末日到了。

冰块滑落后便是一片寂静。整座房子都笼罩在寂静之中，墙壁摆脱了冬日的沉重，棚屋门又能打开了。屋外是一堆堆冰块的尸体，爸爸用铁锹把它们劈碎。

10

苹果树上的妈妈。

秋天，锯末小屋的三棵苹果树上果实累累。妈妈每天早晨都带着盆出门捡落下的果子。捡完后她让我替她看着，自己爬到树上。妈妈站在树枝分叉的地方摇起树来。一开始，她的模样有些笨拙，但在树上晃了一会儿后，她便记起了诀窍所在。她微笑着，身姿变得轻盈，力气也传到了树枝上。苹果落地时，草地会说："咚！咚！"我必须看清它们落在了哪里。苹果树的枝叶沙沙作响，妈妈脚下则是一片咚咚声。

厨房里满溢苹果的香气。妈妈又是削皮又是切果，把果块放进脱水器，把做好的苹果脆装袋，煮苹果酱，把苹果泥冻起来。

黄蜂在窗边嗡嗡叫,它们个头很大,懒洋洋的。每次揭开堆肥桶的盖子,里面都会无声地腾起一团果蝇。

晚上,我躺在床上,妈妈抚摸着我的脸颊,她的手散发着苹果酱的气味。

苹果树上的妈妈是这个样子。

活着的妈妈。

妈妈在清理一块菜地,她想让土壤尽快回暖。她用铁锹翻开土块并盖上遮蔽物,不过爸爸觉得她可以再等上两个星期。爸爸和我去给车买新的夏季轮胎时,妈妈戴着草帽向我们挥手。她站在那里,拄着铁锹,歪戴着草帽,挥着手。她戴着沾满泥土的园艺手套。

活着的妈妈是这个样子。

活着的妈妈是这个样子。

我们边吃冰激凌边等待技工给我们换好轮胎。旧轮胎没有丢掉——它们被堆放在后座,因为妈妈要在花园边上把它们堆成金字塔形,填好土,再种上草莓。由于后座堆满了轮胎,我被准许坐在前面。

我们开进了屋前的花园。

爸爸从后座拎出两个旧轮胎，开始把它们往花园里搬，我跟在后面。我们打算把轮胎洗干净，再帮妈妈往里面填土。妈妈给我们看过杂志上草莓金字塔的图片。

房前一角有五级石头台阶。

"看，爸爸，是冰。"我指着台阶上的碎冰说。

"不可能，"爸爸回答，"是妈妈打碎玻璃了吧？"

我捡起一块。它又冷又湿，微微发蓝。

就在那时爸爸踏上了最后一级台阶，他嘴里发出一声尖叫。轮胎脱了手，沿着台阶向我滚来。爸爸看看花园，又看看我。他的眼睛瞪得老大，全是眼白，他大张着嘴，当他嘶喊时，我甚至能看见他的后牙。

"不，萨拉！别看！"

第一个轮胎撞上了我的膝盖，第二个轮胎从我身旁滚过。爸爸扑在轮胎和我身上。我的腿疼，屁股疼，胳膊肘也疼。

"别看，萨拉，别看，别看，萨拉，不不不……"

他的眼神吓着我了。我大哭起来，爸爸却没有哄我。爸爸吼叫着，喊人帮忙。我们跌倒在台阶上，我疼得要命。爸爸一把拽住我的手腕把我拉走，一直拉着，可我甚至还没来得及站稳，我感觉胳膊要被扯断了。

"你不能看！"爸爸悲鸣着。我不知道他在说什么，但爸爸一次又一次喊着同样的话，同时一直狠拽我的手。

我们跑着，我不知道跑到了哪儿，似乎我们跑了一天一夜，一整个星期。警察来了，其他人来了，爸爸还在喊："不不不！"我不知道我们身处何地，不知道爸爸为什么号叫不停。有人摇晃着他，晃得那么猛，结果他呕吐了起来。

11

学校里，老师给我们讲过罗得一家的故事。天使对他们说："离开吧，但不要回头看。我们要对这些人做'恐怖的事'。我们会救你们，但你们不能看发生了什么。"罗得一家便开始逃跑，但罗得的妻子不信天使的话，回头看了一眼。她看见了天使对人们所做的"恐怖的事"，于是她变成了一根盐柱。老师说她变成盐柱是由于天使的魔法，但现在我明白了，不用魔法你也能冻结成一根柱子，只要看见无法承受之事就够了。

有些东西不会随时间的流逝而消失。它们不会变得黯淡、柔和或者消融在回忆之中。它们庞大坚实、毫无改变。它们就像一根柱子立在人的胸腹间，越长越大。人们可能会偶尔忘记它们，但只要它们回到脑海，就总是跟当年同样鲜明、同样沉重，仿佛事情正发生在眼前。

天使会做"恐怖的事"。有时他们会提前警示，有时则毫无预兆。

那天，爸爸目睹了如此可怖的场面，以至再也不能将它从脑海中剔除。那场景穿过爸爸的双眼直击大脑，并摧毁了他大脑的一部分。每当有什么事令他想起那天早晨，那一幕就会在他眼前重现。我没看到当时的场景，因为爸爸及时把我推开了。爸爸说很对不起，弄疼了我的腿、屁股和胳膊肘，但瘀青会消失，印在脑子里的场景不会。一根盐柱结在爸爸心中，他的心碎了。

我再也没见过妈妈。

妈妈去世一周后，我获准在安努姑姑和一个警察的陪同下去看看花园。门廊上有一个大洞，妈妈的花园铲被拿走了，地上有一大块斑迹，形状有点像雪天使[1]，地上还有

---

[1] 雪天使：一种游戏。下雪后，平躺在雪地中挥动四肢，可留下形如天使的轮廓。这里指雪中的轮廓本身。

一圈线，周围有鞋印。这是妈妈当时所在的地方，她最后的痕迹，就像桑拿房长凳上一块潮湿的印痕，很快就会蒸发得无影无踪。

"好了，那么，那个……怎么样？"警察说着把我拉走了。他块头很大，汗津津的，而且看上去很不自在。

现场已没有冰块，花园看起来就跟从前一样。冰块击穿了门廊和妈妈，之后就融化了。

屋内，厨房里有更多警官。没人说话，也没人想听我问问题。

安努姑姑牵着我的手，她的另一只手拎着一个袋子，里面有爸爸和我的衣服。她用被羊毛和水折腾得粗糙的手捏了捏我的手，说："那么，我们就走了。"

"我们会联系你们，如果有其他……"汗津津的大块头警察说。他并没有把我们集中到客厅并揭露真相的意思，他也不会留下来喝黑加仑汁。他不想解释，他只想离开。

警官们依次从前门出去了。

姑姑锁上了锯末小屋的门。

12

妈妈死后的次日早晨，安努姑姑来看望我们。我们当时在医院里，爸爸被注射了镇静剂。他们在他旁边给我安排了一张床。

那天早晨，病房门打开了，安努姑姑走了进来。她直视着我们的眼睛，穿过房间，给了我们每人一个长长的拥抱。她是妈妈死后第一个直视我双眼的人。她的眼神空洞，你能直接看进里边去，但她依然没有避开我的目光。

"你们住到庄园来，"姑姑边说边收拾我们的东西，"至少一直住到下周。"

爸爸没有回答，不过还是起身穿上了鞋。

我上蹿下跳起来，因为终于有人来接我们，终于有人不回避我们的目光了，这感觉太好了。

爸爸重重地倒回床上，将我搂进怀里。我本想安慰爸爸，对他说些什么，但我说不出来。我用爸爸的手指做了一只乌龟：把无名指折在最底下，再把其他手指弯在它上面，最后把大拇指塞进"壳"里。我用双手把爸爸的手指弯折好后，姑姑把我们的包往肩上一背，轻声说："走吧。"

爸爸把我抱上车，和我一起坐在后座上。"乌龟"散架了，爸爸双手托着脑袋，仿佛害怕它会脱落下来，摔到地上。一路上，爸爸一直在说："我不明白。我不明白。我不明白。"

姑姑从护士给的药瓶里取出一粒药给他吃,过了一会儿,爸爸说话的速度变慢了,把头靠在了车窗上。

我们就这样住进了庄园。姑姑做了一种辣汤,说我们每天必须吃点东西。第一夜过后,她开车去了锯末小屋,把在衣柜里找到的干净衣服和玩具打了包,一双早就不穿的小雨靴也被拿来了。她还买了一副象棋,但没人想下。

安努姑姑是爸爸的姐姐,她照顾爸爸,虽然有时也会像逗小孩一样戏弄他。小时候,她骗过爸爸的巧克力吃,有一次还把他一个人丢在了公园里,但她会和我们对视,还会接我们回家。

在学校,老师告诉全班人我的妈妈去世了,然后允许同学们问问题。我不知道他们问了什么,因为我不在场。警察、护士和爸爸已经问过我够多的问题。

然后老师让同学们画画,我在春季游园会上看见了那些画。展示之后,这些手工和绘画会被重新发给学生,带回家去,但老师把关于妈妈之死的画收成一摞,单独放在了办公桌上。画上是飞机在空中炸成碎片,或者撞在墙上,或者丢下一个炸弹。有人画了一个脑袋被盒子砸中的女人，眼睛是两个叉，吐着舌头。

这些画是不能发下去带回家的。要怎么处理这种画呢？连老师都不知道该拿它们怎么办，所以它们才一直被搁在桌上。

时间凝固了。我的思绪无法往前，也无法后退。有人在我们的思绪周围画了一圈白线，于是思绪停止，我们被困在原地。

每天都是孤立无凭的一天，没有任何改变。每天都和前一天一样。姑姑早晨把我们叫醒，逼着我们一天吃三顿饭，夜里送我们上床。我记不得当时吃了什么，但它卡喉咙，而且难以咀嚼。我的下巴都嚼累了，由于嚼得太用力，最后一颗乳牙也摇摇欲坠。爸爸对着咖啡哭泣，泪水落在这种黑色液体的表面。除此之外，没发生什么事情。

沉默笼罩了爸爸和我。外出购物时，女店主和正在过暑假的体育老师拥抱了我，但没人说话。我记得女店主很温柔，她拥抱我的力气大得出乎意料。体育老师看起来也很温柔，因为现在是暑假，她穿着连衣裙，购物篮里放着装饰阳台用的花儿。好吧，好吧，大人们又在说了，你只能这样做，还能说什么呢？是啊，希望时间能治愈伤痛吧，但"时间能治愈伤痛"是一句废话，反正它一点用也没有，因为我和爸爸的时间不再流逝，我们被困住了。

什么都不用说。唯一剩下的记忆只有汗津津的警察和握着彩色铅笔的同学们。

13

妈妈经常给我读童话，她的书架上有一整排童话书。

不过，晚上的童话故事总是读不到结局，而第二天我们就会开始读新的童话，因为我们弄丢了书签，或者忘了之前读的是哪个故事。

对此妈妈并不烦恼，她对结局不感兴趣。

"结局总是千篇一律的，"妈妈说，"王子和公主结婚了，凶手被关进监狱。在此之前有趣的部分都讲完了。"

妈妈还会在童话里添加她自己的元素。有时候她会跳过无趣的部分，有时她会自己编造情节。我从未留意妈妈究竟是从哪里开始偏离了书本——只有事后才意识到，这不可能是原本的故事。

"一天，一位王子骑马来到了这里。他看见玻璃棺里死去的少女，心中立即充满了对这位陌生姑娘的爱慕之情。王子请矮人们打开棺盖。'她都有味儿了。'矮人们警告他——"

"妈妈！故事不是这样讲的。"

"王子俯身想亲吻白雪公主，确实，少女的口气相当难闻，于是王子犹豫了——"

"妈妈！"

"'真遗憾，没带牙刷和漱口水来给她漱漱口。'王子自言自语。"

我说，如果她不想好好念书上的故事，就把书放下，这样就可以随心所欲地编自己喜欢的故事了，但不知为什么，妈妈还是喜欢根据现有的童话故事胡编乱造。也许是书上的插图给了她灵感，也许她只是喜欢逗我生气。

妈妈去世了，有个童话故事我们再也无法讲完。故事是这样的：

很久很久以前，有一对兄妹，一个从北方来的冰巫师，将妹妹抓到了他的冰城堡。哥哥四处寻找妹妹，却在森林里遇到了一头狼。

狼说："我知道有个人能帮你，不过你得给他一个金蛋作为报酬。"

"我去哪里找金蛋呢？"哥哥问。

"跳到我背上来。"狼回答。

男孩照办了。狼在森林中奔跑着，最后来到一座老屋前。

狼说:"那个鸡窝里有一只母鸡,每晚会下一个金蛋。"

哥哥走进老屋,遇到一位老妇人。

"您好,"他说,"我能从您的鸡窝里拿一个金蛋吗?我只有三枚硬币。"

"可以,"老妇人说,"不过留着你的硬币吧。作为交换,我想要一匹鬃毛雪白的马。"

"我去哪里找鬃毛雪白的马呢?"哥哥问狼。

狼回答:"跳到我背上来。"

于是哥哥跳到狼背上,狼在森林中奔跑,最后来到河岸旁。河对岸的牧场上有一群马,其中一匹马的鬃毛是雪白的。

哥哥走向坐在河边的一个少年。

"能把那匹鬃毛雪白的马给我吗?"他问少年,"我有三枚硬币。"

"可以,"少年说,"不过留着你的硬币吧。作为交换,我想要一只银鸟。"

"我去哪里找银鸟呢?"哥哥回到狼身边,悲伤地问。

狼说:"跳到我背上来。"

于是哥哥跳到狼背上,狼沿着河岸奔跑,最后来到海边。海港停泊着一艘大帆船。

这里无事发生

"那艘船的船长有一只银鸟。"狼说。

哥哥向船走去。"能给我一只银鸟吗?"哥哥问,"我只有三枚硬币。"

船长看着哥哥的钱哈哈大笑:"你是可以买一只银鸟,但作为报酬,我想要一根永远不会断的绳子。"

哥哥再次回到狼的身边。

"我去哪里找这样的绳子呢?"

"跳到我背上来。"狼说。

于是哥哥再次跳到狼背上,狼沿着海岸跑到相邻的小镇,又跑到小镇隔壁的小镇,最终在一座红砖建成的工厂前停下脚步。

"这座工厂生产永恒之绳。"狼说。

哥哥走进工厂,发现里面只有一个宽敞的长方形大厅,粗细不同的绳索从这头延伸到另一头。巨大的绞车缠绞着绳索,一只穿着背心和长裤的狐狸监督着它们的工作。

哥哥向狐狸走去。

"我想买一根永恒之绳,但我只有三枚硬币。"

"可以,但作为交换,我想要一块来自月亮的石头。"狐狸回答。

等等等等。不知什么时候我才意识到妈妈的故事其实是重复的循环,但在绳索工厂之后,我还是往下听了一点儿——月亮上的石头属于一位教授,教授想要世上最睿智的书;书在一位图书管理员的阁楼里,管理员想要一枚蓝色珠宝;珠宝在一位面包师家,面包师想要羊驼奶……但这时我和妈妈都觉得够了,我说:"到此为止吧。"

妈妈回答:"明天我们再讲下一段。"

"我可不想听你把这些再讲一遍。"我叹着气说。

"我们重新编个结局吧。妹妹可以留在冰城堡里,我们给哥哥组织一场世界拉力锦标赛吧。"

"不要。"

"我会想些东西出来的。"

也许妈妈真的想出来了。也许妈妈的头被砸开时,她刚在花园里想过这个童话的结局。

我对妈妈的最后两个印象是前一晚的睡前故事,和次日早晨花园中的告别。妈妈头戴遮阳帽,手上戴着园艺手套。这两个时刻仿佛笼罩着一种特异的灿烂光辉。

一个沙发上的春夜,一个春天的清晨,还有苍蝇的嗡嗡声。

14

"为什么?为什么?为什么是汉内莱?"夜晚,爸爸在姑姑的厨房里呻吟着,双头托着脑袋,"这究竟是什么鬼道理?"

我躺在床上,尽量不去听他的声音,但房间的火炉通过烟道直接与厨房相连,声音从火炉里传来,我避无可避。角落里的黑色小火炉紧靠着房间墙壁,它哀号着,烟道都快哽住了。真是个悲痛欲绝的小炉子呀,我想。

为什么,为什么,为什么。

爸爸有那么多问题,但没人肯听。我还是会听的,听那么一点点。也许姑姑至少能回答其中一个问题,毕竟她是爸爸的姐姐。如果当年妈妈肚子里还有别的宝宝,我也会成为姐姐。但妈妈的肚子被剖开时,出来的只有我,所以我不是任何人的姐姐——我只是我自己。

"这种事可能发生在任何人身上,"姑姑回答,"那一刻任何人都可能暴露在室外。当时有许多人确实就在室外。"

"我真想找个能发火的人!"我房间里的火炉传来号叫声。

爸爸号叫时,声音是从腹腔深处发出来的。他弓着背,一边哭泣一边浑身发抖。爸爸哭起来像个小孩子:鼻涕唾沫糊了一脸,还用巨人一样的大拳头擦眼泪。我怕爸爸会抽筋、打嗝或者心脏病发作。他的衣服会撕裂,线会崩开发出尖叫,爸爸会散架的。

每当爸爸哭泣时,我就集中精神看着安努姑姑。我想:"如果姑姑也号叫起来,我会爆炸的。我会在所有这些哭号声里裂成碎片。我会变成一堆面包屑,被哭声震得四处乱蹦。我的指尖、头发和膝盖都会被大人们的哭声震得发抖。"

但姑姑没有号叫。她不崩溃、不发抖,也不失声痛哭。一次也没有。哪怕晚上她以为我在睡觉时,火炉里也从未传出过她的哭声。

姑姑还是会哭的。她流泪时,自己也未必能意识到。她每天会哭许多次。她做饭、生炉子时哭,在赶往锯末小屋、商店、殡葬处时哭,在开车时哭,在把我抱上膝盖给我穿羊毛衫时哭。她尤其会在制作羊毛毡时哭。她把大团大团的羊毛又是搓,又是捶,又是摔打,又是揉卷。水花与皂沫飞溅,羊毛开始毡化,它收缩、发紧,质地变得坚韧。姑姑泪水横流。

但她并没有垮掉。

"羊毛有好处。"安努姑姑向我们保证。

她为我们穿上羊毛衫和羊毛袜,用羊皮和羊毛毯为我们铺床,甚至连靠垫上都包着羊皮。姑姑认为人越是悲伤，越是要注重保暖，而我和爸爸真的非常悲伤。我们被热出了一脑门汗，因为姑姑又是生炉子，又是往汤里放辣椒粉，还留意不让我们脱掉羊毛衫。

"羊毛是会呼吸的，哪怕浸了水，也能为你保暖，晾一晾就很干净，没味儿，能治疗伤口、耳部感染和脚气。想想因纽特人的宝宝！他们被羊毛襁褓包着，整整一个月大小便都在里面。那么冷的气候根本换不了尿布。一个月后襁褓被割开，宝宝一点都不脏！那就是羊毛的奇迹！"

"我是不是本可以做些什么？"片刻沉默后，火炉里再次传来爸爸的声音，这次要轻一些。

"不。"安努姑姑回答。

"如果我当时在花园里，也许就能及时赶到。如果我推开了汉内莱……"

"你办不到的。"

安努姑姑的回答沉甸甸的，就像湿羊毛摔在地板上。不管羊毛与姑姑如何，爸爸依然夜复一夜地说啊说。他就像锡屋顶上的冰块，一边发出裂响一边滴着水，直到他开始担心自己的手脚不听使唤。

爸爸坚称自己的神经出了问题，因为有时候他的手脚毫无知觉。

"我变脆了。"爸爸使劲捏着脚趾,慌张地说。

爸爸垮了,垮得如此轻易。妈妈死时的模样烙进了他的大脑,现在这个脑子里只会发出一个声音,就是"为什么为什么为什么"。爸爸的脑袋里有个洞,胸腔里有根盐柱,现在他又变脆了。我从前真不知道活人会变成这样。

有时候,冰块冷得能灼伤你的手。

有时候,你走出极热的桑拿房跳进冰水,再从水里出来,会感觉寒冷的空气是温暖的;有时候,你从室外回来,将冰冷的手指放在水龙头下,微温的水仿佛是滚烫的。

"我什么都感觉不到!"爸爸说。

也许他是冷热不分了。

15

复活节那天,学校组织我们去教堂,这是一项服务儿童的活动。牧师马蒂和莱拉以及青年团契的宁娜扮演两位门徒和耶稣墓前的女人。我知道,之所以有复活节,是因为耶稣死在了十字架上,但出于某种原因,他们在活动中对此避而不谈。

我对耶稣在十字架上受难的故事十分感兴趣，因为我从没理解过这一段。我等待着他们演到耶稣被抓的情节。莱拉牧师和宁娜开始扮演悲伤的门徒，但之后我们只听见一声霹雳，大幕随即拉下，黑暗降临。下一幕已经是早晨，耶稣的坟墓空了，大家都很开心。

我希望有人能解释一下，为什么被钉子穿透手脚就会死。有时候一整只手或者脚断开了，人还能活呢。但也许大人们不喜欢谈论死亡，虽然他们自己也会死。你只要吃东西，就会长大，等长成了大人，你就会死。

有时候人们死得很轻易，有时死得很难。妈妈和耶稣属于死得轻易的类型：妈妈干着普普通通的园艺活就死了，而耶稣死于四枚钉子。这类死亡是大人们不愿谈及的。

马蒂牧师倒是给我们解释了为什么他们要杀死耶稣——他们想阻止他收更多门徒。一旦耶稣开口说话，他的思想就会像墙里的电线一样蜿蜒生长，他们可不乐意看到这个。于是，为了阻止耶稣，他们将耶稣钉在了十字架上。这就是复活节的来由，也因此，复活节成了万物生长的日子。虽然耶稣刚刚死去，但教会牧师穿着绿衣服，人们在酸奶盒里种黑麦草。人们喝着能让你长骨头和肌肉的酸奶，酸奶盒上还画着一个身强体壮的小姑娘背着她弟弟。

复活节早晨,我对爸爸妈妈说我不想吃东西,因为吃了东西就会长大,然后死掉。妈妈说:"不管吃不吃,你都会长大。而如果你不吃,会变成一个坏脾气的大人。"

可我还是很生气,为什么没人在酸奶盒上画死神呢?

16

听安努姑姑谈论庄园是件很愉快的事。

"搬到超大庄园后,我没急着干活儿。我从一个房间慢慢踱到另一个房间,花时间把每个房间都打量了一番。我从每个窗口向外眺望,在花园里四处漫步。'你是谁?'我对房子问了这个问题。然后我开始打扫。我收拾了所有房间,但没扔任何东西。我边听着房门嘎吱嘎吱、墙壁砰咚砰咚,边练习怎么生柴炉才不会把烟漏进屋里。然后有一天,我把一切都打理干净了,庄园就开口对我说话。"

"它说什么呀?"我问。

"它说:'去吧,去建个作坊。'我问建作坊的最佳地点在哪儿,庄园回答:'访客马厩。你可以建在那儿。'"

姑姑的作坊像游泳馆一样有着瓷砖地面与淋浴器,还有金属大缸,如果我愿意,可以在里面洗澡。作坊里弥漫着湿羊毛和肥皂的气味。姑姑的羊毛制品挂在墙上,又大又厚。

今天,姑姑要着手一件新作。我看着她把底料铺在作坊中间的一张巨桌上。桌子巨大无比,庄园里办庆典时,这桌子围坐得下所有客人。到那时,桌子中央的枝形烛台上,至少有二十支蜡烛在燃烧。

但此刻桌上干干净净,没有烛台,姑姑把火红的厚毛团铺在桌面上。她脱下袜子,卷起裤腿,拎起一桶水,然后她往水里溶了些马赛皂,一边用手搅和一边打量着没有图案的红色毛团。肥皂水是热的,姑姑的手也泛起红色。

姑姑事先已经挑好了各种颜色的羊毛,一团团放在手推车上。现在她爬上桌子,开始将羊毛铺在厚毛团上。她先打好底,再往上边摆放各色的细一些的羊毛绺。色彩缤纷的云团从桌面升起,姑姑就在这云团上爬来爬去,不时站起来以便看得更清楚些。

"这是火吗?"我问,因为我看见了红色、黄色与橙色。光看着她在桌上准备,我感到有些无聊了。

"不是。"安努姑姑说,看都没看我一眼。

"我觉得看起来像火。"我说,但安努姑姑没再听我说话。

姑姑终于开始制毡了。她用肥皂水将整团羊毛连同上面的图案一起浸湿,然后手脚并用爬到毛团上,开始用手指做画圈的动作。最终,她的整个手掌都贴在了羊毛上。姑姑添了些肥皂水,毛团在她手指下冒着泡泡。这样一来,图案就会固定在底层毛料上。接着,她把毛团卷进竹帘里,在地上反复滚动,看起来就像在做一个巨大的红色寿司卷。水和泡沫从竹帘缝里渗到地上,安努姑姑就在这一团混乱中间爬来爬去。她不时摊开竹帘看一眼毛毡,将脱落的羊毛固定好,然后继续滚。粗软的羊毛绺变成了细细的条纹,羊毛云则变成了凹凸不平的色块。

终于,滚动停止了。姑姑摊开竹帘,取出毛毡。它变薄了,而且印上了图案。姑姑把毛毡在桌上放平,起身打量着它。

"还要再……"姑姑喃喃自语,又取来几团羊毛。她在几处地方加了些颜色,用手指揉搓着将它们固定好,然后又站起来打量。

接着,姑姑脱掉了衬衫和长裤。她看看我,仿佛刚想起来我还和她待在同一个房间里。她穿着黑色的胸罩,一只小小的蜥蜴刺青从胸罩下探出脑袋。小时候,我常想解开姑姑的衬衫纽扣,好逗弄那只蜥蜴。

"待会儿会溅水的。"姑姑警告我。

我可不担心,这是制毡中最有趣的环节。

姑姑又从桶里倒了些肥皂水，抓起毛毡一角，开始在地上使劲摔打。她拎起湿淋淋的毛毡砸在地上，一次又一次。肥皂水溅得满墙都是，连我的脸都溅湿了。这摔打的过程被称为"惊惊羊毛"：羊毛受惊时，就会蓬起来缠结在一起，如此一来毛毡也会变得紧实起来。

拎起这么一大块湿毛毡可是费劲的活儿，姑姑浑身是汗，在屋里四下挥舞毛毡，水花四溅。

我用衣袖把脸擦干，去探索贮藏室了。它就在作坊旁边，是姑姑存放羊毛的地方，里面有一卷卷底层毛料和大大小小的毛团。用于制毡的羊毛被团成球状，看起来很像棉花糖——姑姑把它们放在透明的塑料箱子里，摞在架子上，这样的架子排了整整一面墙。羊毛球色彩各异：鲜红色、黄色、青色、深浅不一的各种蓝色和绿色、橙色、紫色、棕色、灰色和黑色。有些羊毛手感粗糙，有些则柔顺得仿佛天使的头发。如果长时间抚摸它们，双手会变得油乎乎的。

除了羊毛，储藏室还存放着许多玻璃瓶，里面有各式各样的小玩意儿。当羊毛毡紧缩成适当尺寸并晾至干燥后，姑姑就用这些小玩意儿来装饰它们，有银线、干树叶、珠子、硬币、肉桂棒、光滑的漂流木、锈铁钉、旧照片、纽扣、磨损的拉链、干豆子……总之，任何你能用针缝在羊毛上的东西。

我看着一团团羊毛,轻触着其中最白的一团。它柔软纤细,仿佛有人给它蒸了桑拿后又将它梳得整整齐齐。旁边还有那么多不同的白色,我不禁迷惑起来:我已经不明白真正的白色是什么模样了。在灰色、黄色和棕色之间,有好多种白色,但多浅的灰能变成白色?多黄的白又能变成黄色呢?

一切都那么难以理解。色彩之间没有界线:白色是黄色,布鲁诺的棕色是黑色。寒冷是滚烫的,刺骨的空气教人暖和。爸爸的脚趾明明还在,然而它们却仿佛消失了。

17

六月过半时,安努姑姑去锯末小屋取我们夏天穿的衣服,爸爸和我没有同去。爸爸不去是因为他依然不想重回故地,我则是不想丢下爸爸独自一人。

姑姑拎着两袋东西回来了。她给我带了凉鞋、一件夏季夹克和两条裙子——其中一条已经不合身了——以及衬衫、薄睡衣和运动服;给爸爸带了短裤、凉鞋和日常穿的衣服。另一个袋子里装着泳装、男式泳裤、我的遮阳帽和爸爸的便帽。爸爸早就戴上了墨镜。

袋子底部有一沓信件,爸爸一封封查看。他把给妈妈的信放在一旁,只打开了他自己的。

"你愿意的话,我可以帮你处理。"安努姑姑指着妈妈的信说。

"只是垃圾信息罢了。"爸爸说着,挥了挥手。

"但还是得通知他们。"

"我想是吧。"

姑姑拿起那摞信,她没再说什么。

"我想去看看柴房门。"爸爸嘟囔着。他戴上墨镜,出去了。

"你怎么一股草味儿?"我问姑姑。

"我把你们的草坪修剪了一下。"姑姑回答,"整个花园都长成丛林了。"

"我们什么时候回家?"

"我不知道。"姑姑回答。我看得出她本来还想说些什么,却忍住了。

我戴上遮阳帽。我想象锯末小屋坐落在一片丛林之间,想着客厅的墙,我的画像正在嵌板下微笑。画像伫立着、等待着,凝固在时光中,就像两年前的那个翻新日一样。它身穿条纹上衣和青绿色紧身裤,背靠沾染烟尘的墙纸,正面覆盖着客厅的木嵌板。没人告诉她我们已经离开了,也没人知道我们何时会回来。

我走进羊圈。布鲁诺向我跑来,说着"咩"。虽然我已经不用奶瓶喂它了,但它还是喜欢跟在我后头。我挠了挠它尾巴上边的部位,它抖了一下,看起来蠢萌蠢萌的。

绵羊总想待在尽可能高的地方。羊羔爬到羊妈妈背上站着,大羊则争着想站到爸爸的车顶上。它们会不停地爬进喷泉池,跳上树桩、木墩和手推车。

"绵羊脑子不灵光。"安努姑姑不得不承认。

那天晚上,我穿着姑姑给我拿的夏季睡衣躺在病床上,翻身时,放下的床栏叮当作响。床下的一个脚轮刹车坏了,导致床总是移动。

我看着周围的墙壁,在它们四周画了条线,把我的房间圈在线里面。当然,密室不包括在内——如今我住在打开嵌板门就能进入另一个空间的那间房里。我停止画线,想着密室是属于我的房间呢,还是属于隔壁房间。或者说密室只属于它自己?又或者它不会被线圈所困,因为它是一个秘密?秘密在线圈上留下空白的断点,侦探们就是靠这些来破解谋杀案的吗?

有时候,我的脑海里拥堵着太多的思绪,它们令灰色脑细胞沸腾，脑壳里所有的东西好像都要爆出来一样。这时就要请我最喜欢的比利时侦探来帮忙。他拿起粉笔，画出一条白色的边界，界内的思绪便归于平静。他知道请多少客人合适——不太多也不太少。这些思绪刚好装满一个房间，如果哪些思绪或者物品没有用途，就把它们丢出去好了。

18

整个六月爸爸都戴着墨镜躺在床上。他用脚猛蹬病床的床栏——哐，哐，哐——连我的房间也震动起来。我从门边往里看，问出了什么事，爸爸回答："我的脚没知觉了！"

哐，又是一声金属震响。

"我的脚是怎么啦？"爸爸问。他瞪着我，仿佛不认识我。

我把爸爸脚上的被子掀开，看了一眼。

"什么都没有。"我说。

"什么？我的脚不在了？"爸爸已经六神无主了。他双手按住脸揉搓起来，揉得整个额头都上下挪动，好像脸上的皮肤松脱了一样。

"你看不见我的脚趾?"他透过手指缝问。

"不,我是说它们看起来很正常。"

"啊?"

"你的脚看起来很正常。"

"你能捏捏它们吗?"

爸爸的脚趾很难看,疙里疙瘩的,还稀稀拉拉长着毛,我其实并不想碰它们。他脚底的皮肤很厚,外皮干裂出白色的条纹。趾甲发黄,大脚趾尤其如此。

我还是给他捏了脚趾。我用拇指和食指夹住脚趾,每次一个,然后使劲一捏。我从左脚大脚趾捏起,依次捏到小脚趾,接着再捏右脚。最后,我在爸爸脚底噼里啪啦敲了一阵,他便平静下来。

"谢谢你,萨拉。"爸爸说着,把脚缩回了被子里。

哐,哐,哐,撞墙声又来了。

"我的脚趾!快来人帮帮我!"爸爸在房间里喊道。

这次爸爸是坐着的。他蜷缩在床边,双膝抵着下巴,两手抓着脚趾。

"它们掉下来了,"爸爸说,"我是着凉了还是怎么了?"

"你在说什么?"我问。

"我的脚趾掉了。"爸爸回答。

"我能看看吗?"

爸爸摇摇头,把脚趾抓得更紧了。他的脚看起来没什么异常,至少没有流血。

"要让我捏捏吗?"我问,虽然我其实只想离开。

爸爸摇头。

"我走了。"说完我便回自己的房间去了。

然后安努姑姑上楼来了。

"好啦,佩卡,唉,真是的……"她嘟囔着走进爸爸的房间。

我正在房间里画画。我把手掌按在纸上,用笔描着它的轮廓。我有五根手指,小拇指跟其他手指稍稍分开,中指有点弯曲。我换了只手,一只熟悉的手。有一次在学校里,老师准许大家把自己的手画在一面大墙上。虽然墙上有两百只手,我还是一眼就认出了我自己的。我对它们就是这样熟悉。

"来捏捏我的脚趾!"爸爸在墙后喊着,安努姑姑已经回楼下了。

我并不是很想去。我假装自己是某座城堡的爵爷,把一个少女关在了墙里。

很久很久以前,有个住在城堡里的少女,爱上了一个不该爱的骑士。爵爷判决她必须受到惩处。

我想出一个合适的方法来惩罚少女。
少女喊道:"救命!快来人捏捏我的脚趾呀!"

然而她却被抬到了城堡的庭院里,那里正在建一堵新墙。少女即将被关进墙里。砌砖的过程中,少女一直哭叫不休,但最终她被完全隔绝在砖石之内,她的声音也沉寂下来。

城堡的爵爷干这事很顺手。他以前就囚禁过许多不听话的少女,因此一点也不在乎她们的叫喊声,或者脚趾。

哪怕到了第二天,人们还能听见从墙里传出的呻吟声。第三天,呻吟声消失了。三年过去了,埋葬少女的地方长出了一棵桦树。

傍晚,爸爸走下楼。他坐在桌旁,手抚着墙壁陷入沉思。安努姑姑做了炖鱼,他面前的那碗渐渐变冷了。
"这样的墙体表面,你到最后也搞不清里面是什么。"
"我可以告诉你,里面是木头。"姑姑回答。
"对,但它的状况如何呢?你不可能——"

"不错，不错。"安努姑姑说。她已经厌倦了听爸爸说话。

但爸爸不依不饶："你不可能知道。你看见一堵墙，它长得也像堵墙，有墙纸，有踢脚板，处处都是墙该有的样子。就是墙该有的样子。然后有一天，你决定把墙纸换成木嵌板。于是你卸下刨花板，发现底下有东西朽坏了。你用锤子敲了敲木板，感觉它陷下去了。你用手指去抠木板，结果整只手直接插进了墙里。本该耐久的东西已经腐朽了，这种事我听说过。然后人们就会问：你真的不知道吗？怎么可能没有察觉？你心里就没点数吗？"

"不管你怎么说，这是座健康的老房子。"姑姑重申。

爸爸看向窗外。绵羊正在吃草，夕阳闪耀着。

"然后你会意识到，整座房子之所以还立着，是因为本不该承重的部分在支撑着它：门框、窗框。房子没有真正的支撑构架，有的只是些脆弱易碎的东西，而天气也足够温和，没有风把房子吹倒。然而在平常的一天，花园里的一个早晨，突然有东西从天而降，就像你换刨花板，你的手却陷进了墙壁里。"

说完这番话，爸爸把头抵在了墙纸上。

妈妈曾经轻抚着爸爸的脊背，说一些体恤他的话。

"你要理发了。"她会这样说,"你看起来很累。你看起来真帅。这个不适合你。这个适合你。你都下定决心了,何必问我呢!你能行。我们已经走到了这一步,既然已经走到了这一步……"

也许妈妈总是那么了解爸爸,能勾勒出爸爸与周围世界的界线,但现在妈妈死了,爸爸就变脆了。他的轮廓出现漏洞,那道白线变得模糊,他的双脚消失了。

我想说:"靠墙站着,爸爸,我来给你画线。"

接着爸爸就会看着自己的肖像,用毡头笔给它上色。然后他就能发觉自己其实是那么高大。

19

有时候,飞机上的液体会漏下来,比如在水管或者厕所里。这是事实。如果漏出的水是蓝色的,说明它来自卫生间;如果无色透明,说明它来自其他地方。如果飞机是停放着的,水珠便直接滴落在地面;如果飞机在高空,由于外界的低温,渗漏的水会结冰。

在长途飞行中,凝结的冰块能达到足球大小。在飞机高速下降、气温升高时,冰块可能会从飞机上脱落,砸向地面。冰是最常见的飞机坠落物。当飞机下方是某户人家的花园,当一个打算垒草莓金字塔的人正在劳作时,这个人可能会被足球大小的冰块砸中头部而死。这是事实。

爸爸开始在电脑前消磨时光。他的外表恢复了正常——或许是因为他把墨镜换成了近视眼镜,并穿上了日常的衣服,又或许是因为他脚趾上的漏洞没了。可现在他坐在电脑前,只忙着阅读点击,不肯好好听我们说话。安努姑姑想让他去干些活儿,因为羊圈该搬了,堆肥桶也空了,爸爸却只是回以几声低吼。

"哦,好吧,就是这么回事。听听这段。"爸爸又开始了。

我想偷偷溜到楼上去。

"这里有个列表。简直难以置信。这种事怎么就没引起更多关注呢?发动机:2000年8月,荷兰皇家航空公司的一架飞机发动机脱落,机长在海滩上迫降。门:2005年3月,英国航空公司的一架波音747机舱门脱落,飞机不得不迫降。机舱门坠地时离一对散步的夫妇仅二十米。轮胎:2001年5月,蓝色全景航空公司的一架飞机右侧轮胎脱落。支架:1999年10月,达美航空公司一架飞机的轮胎支架松脱,掉在了一处僻静的郊区。"

爸爸顿了顿,期待地看着我和安努姑姑。爸爸总算有事可做,并且穿上了日常的衣服,这是好事,但我觉得他对电脑过分沉迷了。

"还有呢！陨石：1954年11月30日，安·伊丽莎白·霍奇斯正在客厅小睡，一块重达4公斤的陨石砸穿她家的天花板，击中收音机并弹开，砸伤了她的髋部。"

爸爸给我们看了一张他在网上找到的霍奇斯的照片，她的髋部有很大一块瘀青。

"鱼：冷暖气团相遇后，会引发小型龙卷风，将鱼和其他海洋生物吸出水面并送到陆地上。蛤蟆：1794年，几百只还没脱去尾巴的蛤蟆像雨一样落在法国士兵头上。高尔夫球：1969年，几百个高尔夫球像雨点一样落在佛罗里达。不过这里也说了，有些案例不能完全用龙卷风来解释。希腊北部，唯一从天上掉下来的东西是凤尾鱼。"

"也许是飞机上的货物掉了。"安努姑姑提出假设。

"然而在1859年威尔士下过纯棘鱼雨，那时候飞机还不存在呢！"爸爸从镜片上方打量着我们，似乎在等待一个答案，"再说，棘鱼不属于群游鱼，因此龙卷风不可能只挑出棘鱼，而把其他鱼留在水里，更不用说石头和海草簇了。你之前了解过所有这些吗？"爸爸问安努姑姑，"看看这些日期，几乎每年世界的某个地方都落下过门、发动机或者其他什么东西。我是说，如果建筑工地附近有房子的窗户被石头砸了，就会上新闻，建筑公司会被告上法庭，可你想想看，如果一整个喷气发动机掉在了房顶上呢？"

"我猜可能会上晚间新闻吧。"姑姑说。

"好吧，我可从来没听说过！"

"芬兰没出过这种事。"

爸爸继续读他的列表。

"钱：1940年，苏联下了一场旧卢布雨。科学家认为一处埋藏着硬币的宝藏因土壤风化而逐渐暴露于地面，风将财宝卷起，又撒到地上。

"1875年9月的两个晚上，大块的冰糖从天而降。人们无法解释这一现象。此外，天上还掉过蜘蛛、椋鸟、蠕虫和果冻。"

爸爸停止朗读，再次看向我们。

"果冻？"安努姑姑问。

"对，蜘蛛、椋鸟、蠕虫和果冻。对于最后这几样东西，还没有令人信服的解释。"

我想笑。我知道不该笑，但我忍不住。我想象着妈妈如果被果冻砸中，该是什么模样。人会死于果冻吗？至少这东西听起来比足球大小的冰块柔软一些。我想笑，是因为这种死法真像是妈妈本人发明的。啊——啵——啵——啵，这会是她在果冻之下垂死的哀鸣。倒霉的妈妈，被闷在果冻里无法出声，但果冻的表面一定会颤动不止。

"见鬼，这也太难解释了。"安努姑姑说，突然咯咯地笑了出来。

爸爸惊讶地看着姑姑，接着又哼了一声。

"你还能说什么呢？"

然后爸爸笑了，这是那年夏天的第一次。

我们一起大笑起来，笑死于果冻的人们，笑在空中打旋的棘鱼，笑在海边散步却被从天而降的机舱门吓了一跳的夫妇，笑在做"恐怖的事"之前不加预警的天使们。

20

哦，我见过爸爸有时扫视天空的模样，仿佛在查看着什么。当他出门走向车时，走出几步，他就会抬起头来看那么一会儿，然后继续走。有时候，太阳被云层遮挡，光线变暗，他会仰头看看空中发生了什么事，但那只是云罢了。

仿佛他刚刚才意识到花园上方永远有着空无一物的天空。天空之外是太空，太空里有会破裂的宇宙飞船。

我不能在"天空"这个概念周围画线。它永远是敞开的，是漏的，就像爸爸的脚趾。

21

"喂，爸爸！快来看呀！"我喊道。

我倒立着，双脚向上抵住花园里椴树的树干，血液直往我脑袋里灌，但我就想这么头朝下待着，直到爸爸看见我。

一边倒立一边大喊真是困难得出人意料。

爸爸的胡子成了头发，头发成了胡子，耳朵原地旋转了半圈。从倒立的角度看，爸爸变得轻盈起来，仿佛朝空中升起了一点点。他的墨镜成了滑稽的黑色脸颊。

"爸爸，你额头上的皱纹变成嘴了！"

我刚想哈哈大笑，突然间却摔倒了。我听见咔嚓一声，肩膀传来一阵剧痛。"啊啊啊啊！"那咔嚓一声正是来自我的肩膀。

爸爸的脚又回到地面。他跑到我身边，想把我抱起来，但这样真是太疼了！

"怎么啦？萨拉，怎么啦？"

我坐不起来。我像个晾衣架一样瘫倒在地。我的身体扭曲了，但我不知道该怎样伸展开来。我的手指能动，但除此之外，我处于一个极其别扭的姿势。

"萨拉，萨拉，萨拉……"爸爸喘着气。

"救命，爸爸！好疼啊！"

爸爸设法将我的身体翻了过来，让我双膝着地，然后缓缓地扶着我换成坐姿。我以前不知道"坐起来"这个动作还得靠肩膀才能完成。我的双脚动弹不得，因为肩膀脱臼了。

"怎么会搞成这样？为什么要这么做？你真不该……你该叫我来帮你撑着……"爸爸喃喃地说，按了按我的肩膀。

"啊啊啊啊！"

我的叫声听起来十分古怪，连安努姑姑都循声而来。她先看到爸爸，然后才看向如同倒塌的晾衣架一般的我。爸爸跪在我身边，渺小又无助。他又一次没能在危急时刻保护我们。我用右手摸索着肩膀，不错，它的确凸成了一个古怪的角度。世界将我的肩膀从肩窝里甩了出来，而爸爸对此无能为力。

"你好啊，萨拉。"医生说。

我们驾车来到医院，一路开着双闪灯。医生是个毛茸茸的男人，除了一脑袋鬈发，他的脖子上还长着胡茬儿，手上也长着毛。但他的眼神很和蔼,而且摸我的肩膀时一点也不疼。

"所以说,你当时在练习倒立。"毛茸茸医生说。

"对,靠着树。"

"数了多少下?"

"三十七下。"

医生打开壁灯,给我看 X 光片。

"这是你的肩膀,"医生开始解说,"这个圆球本该在那个洞里,这样它才能活动,但现在它脱出来了,看见没?"

"我还不知道里面有个这样的圆球呢。"我边说边凑近打量图片。哪怕在皮肤下面,事物也都有自己的位置。我想到自己的肩膀,又想到胳膊肘、手指、膝盖、大腿、脚趾,以及脑袋和身体相接的地方。如果一不留神,其中哪个零件脱位了,人真会像晾衣架一样倒下吗?我从未想过人类会如此脆弱。

有皮肤包裹真是太好了!不然,要用什么来将所有这些手、指头和其他东西连接在一起呢?它们可能会被弄坏、脱落。没了皮肤,一切都可能分崩离析,胳膊会断,胃会破,甚至心和肝都无法幸免!

"好,萨拉,"毛茸茸医生说着握住了我的胳膊,"现在，我有个很重要的问题。告诉我你最喜欢想什么。"

你偶尔会遇见认真对待孩子的大人，他们会问有趣的问题，并倾听你的回答。对这样的大人，你尽可以直率一些。你可以问他们各种事情，并得到像样的答案，如果他们不知道，也会老老实实地告诉你。我打算试探一下这位医生。

"我喜欢思考时间。"我回答。

就在那时，医生狠狠拽了一把我的胳膊，力气大得吓人。肩膀发出噼啪一声，我痛得大叫起来。医生平静地看着。

"时间？这个答案真棒。现在试着转动一下你的手。"

"萨拉？萨拉？"爸爸在门后喊着，咔咔地扭着门把手。

"没事，没事。"我告诉他。

咔咔声停止了。

我的肩膀在肩窝里活动如常，疼痛也消失了。我琢磨了一会儿，不知该不该生气，或者冲医生的鼻子来上一拳，但这次事情的发展令我觉得很有意思，我决定就这么算了。

"时间有什么让你觉得特别有趣的地方吗？"医生问。

我等待片刻，防备着他还想拽其他部位，但他并没有碰我，我认为他是真心想问这个问题。

"时间不断流逝，就像这样。"我用已经复原的胳膊向他示意，"这是现在，这是很久以前发生的事情，而时间是这样流动的。"

医生点了点长着卷毛的脑袋。

"可是有的时候，一些碎片会脱离出来，不随时间一起流动，而是凝固在这里，永永远远。"我继续说，"其他一切都被抛在后头，但这些碎片留在原地。你可以忘记它们，但当你重新想起的时候，它们依然近在眼前，就和刚开始时一样。"

"对。"医生说。

"你有这样的碎片吗？"我问。

"当然啦。"医生回答。

我等着，他便继续说下去："其中一块碎片可能就是第一次抱我女儿的时候。"

"还有其他的吗？"

"还有一块是我儿子开始骑卸掉了辅助轮的自行车，我松开了扶车的手。"

我试着想象毛茸茸医生松开自行车，看着男孩骑车远去的情景。然后我说："我有关于我妈妈的碎片。它们很清晰，但不是凝固不动的。"

"我觉得没什么关系。"医生说。

"真的吗?"

"我认为你可以让这些碎片顺其自然。"

"好吧,"我回答,"我还有一个医学方面的问题,是关于血液的。"

"说来听听。"医生说。

"为什么透过皮肤看血液是蓝色的,而它流出来时是红色的?"

"非常好的问题!血液在静脉里流动时看上去的确是蓝色的,只要它留在静脉里头。当它流出来与氧气接触时,就会变成红色。同样,心脏会使血液变红,因为它也能在血液中加入氧气。"

"哇,"我回答,"还有一个问题:如果不经常眨眼,眼珠会不会从眼眶里蹦出来?"

医生打量着我,也许是因为我的问题,他眨了几下深色的眼睛。

"不会吧。不过我的专业是 X 光——我不是眼科专家。"

"眼睛里没有骨头。"我点着头说。

"完全正确。"医生回答。

"如果你打了个喷嚏呢?眼珠会蹦出来吗?"

"打喷嚏时是睁不开眼的。"医生回答。

"我知道!我试过的。"

我向医生演示,当时我是怎样试图用手指撑住眼皮的。

"成功了吗?"

"没有。"我回答。

医生冲我挤了挤眼。

我走之前,医生把X光片给我,让我带回家去。我脱臼的肩膀在上面闪闪发光,蓝莹莹的,很清晰。

"你可以把它装在相框里。"毛茸茸医生说。

在庄园里,安努姑姑给X光片配了个金色相框,我将它挂在自己的房间里。拥有自己骨架图片的女孩可不算多。

22

在锯末小屋,爸爸总怕墙里进水,或者天花板有漏洞,或者下水道堵了,或者水管爆裂。在一座木屋里,可能出现的问题太多了,爸爸不得不为所有这些隐患操心。

有时候雨下大了,爸爸就站在衣柜旁,抚摸着墙壁。

"你觉得墙受潮了吗?"爸爸问妈妈,"怎么摸起来这么凉呢？"

爸爸一直觉得隐患会偷偷摸摸地溜进家里——通过天花板、墙壁裂缝、壁炉烟道或者地下室的通风孔。他觉得自己有责任留意它们，万一疏忽大意，就会导致不可挽回的后果。锯末小屋会溃烂腐朽，或者我们会因吸入氡气而罹患癌症，或者烟道着火，或者天花板上钉过钉子的孔洞渗水扩大，最终朽坏的天花板砸在我们身上，或者一氧化碳从炉子的砖缝里漏出来，令我们中毒。这些都是爸爸的错。

"刨花板很危险，"爸爸向妈妈和我解释，"它会释放甲醛。我们应该把墙全部凿开，换成灰泥板。从消防的角度看，这样也更安全，这种刨花板房子烧起来就跟火炬似的。不过把墙全换一遍要花钱，换墙的时候，得拆掉所有厨房橱柜，还有浴室。刨花板真是最差劲的选择了，天知道什么样的真菌在里面繁殖……"

"佩卡，我们的烟雾报警器在清洁柜里放了两年，还没装到天花板上去。现在就别光顾着操心刨花板了吧。"妈妈说。她轻抚着爸爸的脖颈。

当妈妈这样抚摸爸爸时，爸爸会像不开心的狗狗一样轻吼一两声，但最终会安稳下来。

"警报的声音真是太烦人了。"爸爸喃喃地说。

这里无事发生

"完全赞成。"妈妈回答。

在庄园里,下大雨也没关系。爸爸和我坐在窗边,注视着被风吹得剧烈翻飞的灰色窗帘。雨水似乎已经倾泻到了极限,下一秒却能肆虐得更加厉害。我感觉既舒适又潮湿。灰色窗帘飘舞着,排水管咕噜噜响,屋顶回荡着暴雨的轰鸣,炉子则发出古怪的滴答声,那是雨水流进了烟囱。窗玻璃间结着霜、长着青苔,屋顶的排水沟已是不堪重负。雨滴击打着地面,溅起泥浆,很快沙石路上就会积起大大的水洼。

但爸爸并不担心。烟囱不属于爸爸,爸爸也不用说:"我应该装烟囱帽。潮气会让烟囱整个坍塌,到时候哪儿来的钱修它呢?"

这不是我们的屋顶。这里的墙壁没塞锯末,没有渗入雨水的地下室,没有东西发霉。确切地说,这里的一切已经潮湿发霉了。

爸爸曾试图保护我们,结果他的保护并不充分。他过于关注墙壁,却忘记了天空。

此时爸爸只是听着烟道里雨水滴答、滴答、滴答的声音。

23

下了整整两周的雨,安努姑姑建议我们去清理锯末小屋的排水沟。爸爸则对我们又吼又叫,他要去查看姑姑家谷仓那个摇摇欲坠的天花板。

"你可以把房子卖了,"安努姑姑说,"就这么让它空着可不好。房子会荒废的。"

"我本来想着今天拆天花板的。"爸爸咕哝着说。

安努姑姑无言地注视着他。

"修一修又不费事,修好后车库那边也能用了。现在我总担心房梁或者木板会砸在车上。"

"那是木屋,是需要住人的,"安努姑姑说,"不然就会发潮——你我都很清楚。"

"不。"爸爸说。

"你可以住在庄园,没问题。"

"我们不会永远住在这里。"

"我们就不能去清理一下排水沟吗?"

"我不想去那儿。看在上帝的分儿上,这很难理解吗?"爸爸突然扯着嗓子嚷嚷起来,连安努姑姑都吓了一跳,"我不想看到那座房子,我不想看到那个花园。我不能看那花园,因为我到现在还记得我老婆倒在那里没有头的样子,好吧?这有什么难懂的?啊?有什么难懂的?"

一、二、三。

时间流逝,妈妈被留在原地。

庄园墙上挂着时钟。

妈妈的头。妈妈没有头。

有什么难懂的?

我的思维失控了。我无法让它们停止,它们开始滋滋冒泡,就像扔进可口可乐的胡椒薄荷糖。我们和爸爸做过一次这样的实验,可乐全都从瓶口冒了出来。那天,爸爸保护了我,向我丢了一个轮胎。

我起身偷偷溜上了楼。爸爸肯定又要精神崩溃、浑身发抖了,很快火炉就会号叫起来。我担心会有人跟我上楼,现在我不想和任何人相处,于是我藏进了图书室。我关上门,跳到窗台上,坐在窗帘后面。

外面,雨一直下啊下啊下啊。我把额头抵在窗上,闭上双眼。我一直在画白线,一圈又一圈。

庄园图书室里一本书也没剩下。窗前放着一张旧木桌,三把扶手椅和一张沙发在房间中央围成一圈。绅士们可以坐在上面,边读报纸边抽烟。咖啡桌和旧木桌上都摆着堆满烟头的烟灰缸。我从窗台上闻出一丝烟草味,厚厚的天鹅绒窗帘被这气味熏了很多年。

如果超大庄园里发生了谋杀案,侦探会请客人们到这个房间坐下,就像他在每集结尾时做的那样。

"平静些,mademoiselle[1],没什么可担心的。"他说着将天鹅绒窗帘拉到一旁。他拍拍我的手,指向其中一把扶手椅。

我摇摇头,缩回窗台的角落里。

"妈妈没有头!"我大叫。

"Mon Dieu[2]!凡事必有缘由,"他说,"凡事皆有定期,现在正是揭开真相的时候。"

我不明白。我们是迎来了最后一幕吗?他把图书室里的扶手椅摆放到合适的位置。他打算在壁炉前来回踱步,因此他想把扶手椅围成半圆形,这样一来,每个人都能看到他边踱步边思考的样子。

"你会解决我们的问题吗?"我问。我把窗帘拉开了一条缝。

侦探轻轻鞠了一躬。他脱下深色长款大衣,细心地搭在椅背上。然后他理了理衣袖,整了整领结。他穿着这套装束一定很热。他的鞋子上居然还套着鞋罩,现在都是夏

---

1 mademoiselle:法语,"小姐"。
2 Mon Dieu:法语,"我的上帝"。

这里无事发生

天了。

"亲爱的孩子。一旦将事实厘清,一切就清清楚楚了。"他向我保证,竖起一根胖乎乎的食指。现实中的他看起来比电视上要圆润一些。

"那么,在死亡事件前夜下霜了吗?"

"不可能!那时刚放暑假!"

"可是地上有冰?"

"爸爸说那是玻璃。"

"可那就是冰,n'est-ce pas[1]? 你用手摸过了吧?"

"是的。"

"Très intéressant[2]……这案子真令人着迷啊!"

比利时侦探一个转身,在椅子前踱起步来。然后他停在我面前,晃动着一根手指。

"你喜欢溜冰,是吗?"

"什么?"

"你很擅长溜冰。你得过儿童溜冰比赛的第二名。你曾经和妈妈一起在结冰的湖面上溜冰吧?"

汗珠在他额头上闪光,但他并没有停下来擦汗,因为

---

1 n'est-ce pas:法语,"不是吗"。
2 Très intéressant:法语,"太有趣了"。

墙中少女

这是一段至关重要的情节。我对他的话完全摸不着头脑。现在是夏天,黄蜂在藤蔓的叶片间嗡嗡叫,而他却只是套着鞋罩站在那里盯着我瞧。

"冰块从天上掉下来!它把妈妈的头砸成了肉酱!你根本就不知道!"

"我亲爱的孩子……"

"你的侦探故事里都没有小孩!"我喊道,"全是大人!你错了——你根本就不知道!"

他不吭声了。

"这是恶人所犯的罪行,"他缓缓低语,抚摸着小胡子,"我们没多少时间了。如果我的怀疑没错,我们必须把你送到安全的地方,而且要快。黑斯廷斯!"他四下看看,但黑斯廷斯还没找到来图书室的路呢,"去邮局!寄过圣诞卡片了吗?"

我摇了摇头。

"你做过手工卡片,n'est-ce pas?上面有雪花、精灵、天使,oui[1]?我需要地址——全部的地址!对极了,你猜到了:天使!残酷的信使。如果我猜想得不错,我要找的东西就在地址里面!"

1　oui:法语,"是吗"。

这里无事发生

比利时侦探从胸腔里喷出一口气,用手帕轻拭汗湿的额头。

"你不明白这一切都是怎么回事。"我躲在窗帘后面说。

"绝不要小瞧——"

"那你说说是怎么回事呢?"

他又在壁炉前来回踱起步来。看得出他想要更多的观众,但我们现在没那么多客人。这最后一幕真是太差劲了,而且还没有谋杀案。

"我们再查看一下案情:草丛里的碎冰,溜冰比赛,消失的母亲,部分消失的父亲,消失在密室里的孩子……"

"就连你也解决不了它。"我说。

他向我注视片刻,捻着自己的小胡子。

"会有续集的,"他建议道,"不是所有案件都能一集拍完,也不是所有图书室都能塞进所有客人。那就需要续集。"

"不。"

他打量着我。"Pourquoi pas[1]?"

"这个案子里你派不上用场。"

1　Pourquoi pas:法语,"为什么不呢"。

墙中少女

"D'accord[1]." 他深受冒犯地说。然后他从椅子上取过大衣，重新穿上，又用手帕擦干额头上的汗水。

"我明白你不需要我。"侦探稍稍抬帽致意，走了出去。

我听见他的脚步声消失在楼梯上。

24

后来，一天早晨，我们发现安努姑姑坐在餐桌旁。她在那里坐了一整夜，手里攥着一张纸，眼镜架在额头上。一夜无眠后，就连厨房也在晃眼的灯光和人类的呼吸中露出了疲态。冰箱一直唉声叹气。看样子姑姑夜里枕着胳膊睡了一会儿，因为她的脸颊上还留着毛衣的印迹。

爸爸瞥着姑姑，却没说什么，先给自己倒了杯咖啡，又给我冲了一碗家乐氏早餐谷物脆，这才坐下来问："怎么啦？"

安努姑姑看了一眼爸爸，动了动手里那张纸，眨了下眼睛。人累到极致时，连眨眼的动作都是慢吞吞的。这时你就能清楚看见眨眼的过程：眼睛先闭上，再睁开。

---

[1] D'accord：法语，"同意"。

姑姑把那张纸递给爸爸,说:"我中彩票了。"

"不错。"

"我是说,我又中奖了。"

姑姑挠挠头,摸到了架在额头的眼镜,于是将它又往上推了推。

"二百八十万,现金。"

爸爸把杯子放下了。

我的早餐谷物脆在碗里噼啪作响。

"你怎么还买彩票?"

"我从上学时起就一直买彩票。"

"可你都中过奖了!"

"我愿意继续参与!"姑姑反驳道。

"你到底想证明什么?!"爸爸嚷了起来,这时我才意识到这是一场争吵,虽然我还不清楚他们在吵什么。

"对极了!什么也不想证明!倒是你一直想证明某种阴谋论,老仰头瞪着天,喜怒无常的!"

"别说了!"

爸爸重重放下杯子,哐当一声站起身来。他大步走到疲惫的冰箱前,取出果汁,泼泼洒洒地倒进玻璃杯,砰地摔在桌上,全程一直大喊大叫。

"别以为这样说我,你成天买彩票赶促销的事就不算了！你账户里已经塞满了钱！"

现在安努姑姑也哐当一声站了起来。她也想冲到什么地方摔个什么东西，于是从头上扯下眼镜，甩在一沓纸上。

"碍着你什么了吗？你整个夏天戴着墨镜躺在床上才是无济于事呢！"

之后姑姑和爸爸沉默地站了好一会儿，姑姑的手指扭着那张纸。

"是头奖吗？"

安努姑姑点点头。

"真没想到还有连中两次头奖这种事。"爸爸说。

"好吧，我也没想到，真他妈邪门。"

我吧唧吧唧地喝完牛奶，用袖子抹了抹嘴，但爸爸什么也没说。平时他是不准我这样做的，因为凝固在袖子上的牛奶味儿很难闻。

"我需要思考一会儿。"安努姑姑说。

接着她和爸爸又坐下了，两人都是一副若有所思的模样。没人提起中头奖该吃蛋糕的事。

"我想我应该去睡一觉。"最后安努姑姑说。

她瞥了爸爸一眼，两人很突然地咯咯笑了起来，又同样很突然地停下了。看来争吵已经结束。

"天哪。"爸爸说。

然后姑姑就爬到塔楼顶部的房间,睡着了。

下午,爸爸让我问姑姑要不要喝咖啡,姑姑却只回以呼噜。晚上,爸爸去敲姑姑的门,还在塔楼的楼梯上弄出了很大的响动,姑姑依然一动不动。

"不知她是不是得了偏头痛。"爸爸说。

次日早晨,爸爸想摇醒姑姑,但她只是哼唧了一声,把爸爸的手从肩上推开,又翻身继续睡了。

"你还好吗?今天都星期三了。"爸爸说。

"我就再睡一会儿。"安努姑姑喃喃地说。

爸爸唤醒安努姑姑的一切努力终告失败。

最后,他给医疗中心打了电话。

"我要怎么把她带过去?"爸爸对着电话怒气冲冲地说,"她睡在二楼的一座塔楼上。她很重的!"

护士让爸爸稍等。爸爸用手指敲打着厨房窗户。

最后护士回话了,说下午会有位医生上门诊断。

"我早就知道会出这种事。"爸爸自言自语。

"什么事?"我问。

"不知道,"爸爸回答,"某种大事吧。"

医生听了姑姑的心跳和呼吸，捏了捏她的耳朵，拍了拍手，从姑姑的胳膊上抽了一管血，又用电筒照了照她的眼睛。

姑姑的血通过一根红管子流入试管，勾起了我曾经的一个念头：就算人睡着了，血液依然流动不止。

"是心脏问题吗？"爸爸在门口问，"安努的饮食向来不健康，我们家族也有心血管问题的病史。"

"她的心跳听起来很正常。"医生回答。

"能再查查她的血糖水平吗？"爸爸又问，"我昨晚突然想到，可能跟血糖有关。"

"她睡着之前有没有发生什么异常的事？"

"她中彩票了。"爸爸回答。

医生抬起眉毛，没急着发表意见。

"第二次。"我在爸爸身后说。

"没错。"爸爸嘟嚷着说。

"明白了。"医生回答。

"她第一次中奖时没睡着，"我解释道，"那回我们大家还吃了蛋糕呢。"

"没错。"爸爸说。

"这样的话，病因可能是震惊导致的应激反应。"医生说，"思想需要休息，就像轮船暂时封舱待命，可以这么说吧。就让她睡,等她准备好了,她会醒的。每天在床头桌上放杯果汁和容易消化的食物。"

说完医生就离开了。

于是安努姑姑继续沉睡不醒。我们给她端来果汁、婴儿饼干和果冻,姑姑在睡梦中饮水进食。有时她会稍稍睁开眼睛,眼神却昏蒙空洞。姑姑咬一口饼干,翻身沉入梦乡,饼干屑还粘在嘴唇上。

25

所以我现在是独自一人了。姑姑在睡觉,爸爸在修谷仓天花板,妈妈死了,而暑假还没结束。

爸爸的烹饪手艺很差,煎出的香肠里面还是冻着的。他也不会做松饼。他在网上搜到了做松饼的方子,做出来的却依然是一团糨糊。我们吃的就是这么一团撒着糖的油腻松饼糊糊。

爸爸恼火地呼着气:"一定是方子不行,我明明完全照着它来的。还有安努的这些平底锅!她那么有钱,怎么不买新的锅碗瓢盆?不过那时也没有打折的厨具卖。话说回来,这饼吃起来还是有点……你觉得吃起来味道像松饼吗，萨拉？"

"大概吧。"

爸爸又开始蹬床栏了，医生给他开了更多的病假条。爸爸忘记了替我在游泳班报名，今年夏天我本来要学自由泳的。为了安抚我，爸爸给我买了一大堆秋装。

我身穿青色新衬衫站在镜子前，手腕从过短的袖子里露了出来。牛仔裤的裤腿倒是够长，但太瘦了，我系不上扣子。

"挺好看的，是吗？"爸爸打量着镜子里的我问。

我扭头对着他，扯掉了那些衣服。衬衣领口太紧，我好不容易才把脑袋挣了出来。难道整整一夏天他都懒得看我一眼？

"真笨！你什么都做不好！"我嚷嚷着大步离开了房间。

我气得一整晚没跟爸爸说话，哪怕他做了配茶的烤通心粉。通心粉烤得又硬又白，它立在盘中，四四方方的一大块，是用刀切割出来的。

26

姑姑的绵羊待在草场上，它们带着安努姑姑的气息，给我一种舒适的感觉。我将双手埋进布鲁诺不知是棕色还是黑色的毛间，抚摸它的脑袋。为了驱赶苍蝇，它抽动着一边竖直、另一边歪斜的耳朵。布鲁诺变成了一只平常的羊，无法给我安慰。它依然会跟着我走，但不再蹦蹦跳跳，也不再是温顺逗人的小羊羔。现在它变得很无趣，看起来和围栏里的其他绵羊一样蠢笨。它嚼着草，到处乱撞。

姑姑曾经说过，她吃不了羊肉。据她的说法，绵羊是唯一被剁成肉块后，气味还与生前一样的动物。猪肉块闻不出猪味，绞牛肉也没有牛味，羊排却会散发出绵羊的味道。因此安努姑姑绝对不碰炖羊肉。

不知绵羊有没有注意到姑姑的缺席，它们眼神蠢，嚼东西的模样也蠢，一点风吹草动就大吃一惊，四处拉屎而不自知。一天，一只白羊的毛被挂在了带刺的铁丝围栏上。据我所知，它就这么站着，站了一整夜，看起来已经万念俱灰、一心等死了。

我过去的时候，那只羊受了惊，轻轻地跳了一下。就这么轻轻一跳，挂在铁丝上的羊毛便被扯开了，它跑回同伴身边，仿佛无事发生。我看着它，心想：你本来可以稍微努力一把，只要稍微努力一把就行，但绵羊是不会努力的。

我挠着布鲁诺的脖子。听说每只绵羊脖子上都有一块痒痒肉,只要你去挠,羊就会把脑袋仰得越来越高。头仰到一定时间,血液就不再流向大脑,绵羊会昏倒在地。

我想试试能不能让布鲁诺昏倒。我挠着它的脖子,寻找那块痒痒肉。尝试几次后,我真的让它仰起了脑袋。布鲁诺双眼望天,突然又扭身从我的手中跑了出去。它四处蹦跶了一会儿,又回来让我挠痒。

我再次尝试。挠痒的力度必须恰到好处,太轻,布鲁诺不会抬脑袋;太重,它会跑掉。我挠着痒,布鲁诺抬起头来。

第四次尝试非常顺利。布鲁诺的棕色脑袋越仰越高,我不停地挠啊挠。最后,猝不及防地,布鲁诺一头栽倒在我脚下,失去了知觉。

我盯着昏倒的绵羊,它睁着眼睛,微张的嘴里露出牙齿。过了一会儿,布鲁诺醒了过来。它站起身,蹦跳着跑向一边,跑到一块石头旁,又跑回到我身边。

你什么都不懂吗,傻瓜?我在心里问道,抚摸着布鲁诺歪斜的耳根,但它不明白。它不明白,也不会给我安慰。它脑壳坚硬,什么也伤害不了它。听说如果用拳头击打绵羊的脑袋,结果只会让指节发青。

安努姑姑没有醒来。现在她已经睡了两周,也不再吃我们给她留的点心,但还会喝一点水。她似乎睡得比上一周更沉了。她呼吸得缓慢而平稳,也不像起初那样频繁变换姿势。医生又来了一次,但他也唤不醒姑姑。他认为只要姑姑想睡,就尽管让她睡,但再过一周,如果她还是不吃东西,就要把她送进医院输液了。

我有点担心安努姑姑的牙齿,她有好多天没刷牙,还吃了饼干和果冻。如果爸爸记得买木糖醇片,我会留给姑姑的,但他什么也记不住。

我坐在密室的地板上。通常,我坐在这里是为了回想妈妈的碎片,但这一次,我假装自己被封在了墙里。这个房间不被任何线圈所围困,它是自由的,就像万物之间的界线。在这里你可以想象自己是被困在围栏边的白羊,等待着慢慢死去。

"萨拉?饭好了。"爸爸的声音从走廊传来。

但此刻墙里的女孩和困在围栏边的羊太过虚弱,无力回应。

"萨拉!"爸爸提高嗓音,他走回楼梯边,声音越来越远,"你在哪里?"

女孩封在墙里,羊困在围栏旁,姑姑不省人事地睡在塔楼，布鲁诺倒在草地上，无知无觉。

女孩曾呼救过一阵子，可如今她已经筋疲力尽，只能躺着倾听绵羊细弱的叫声。她同样听了一整晚她白痴爸爸的呼喊，但她并不想浪费最后一点力气来回应他。她躺在那里，毛缠在围栏上，等待着。

很久很久以前，一位王子被女巫变成了青蛙。王子的失踪令他的侍从布鲁诺悲痛欲绝，他伤心得那么厉害，最后只好在心脏上箍了三根铁条，防止心脏裂开。

有一天，王子变回了人类，还找到一位公主。这对新人跳上布鲁诺赶着的马车，向王子的城堡驶去。途中有三次，他们听见响亮的金属断裂声。王子和公主以为马车要散架了，但布鲁诺告诉他们，这只是他的心脏摆脱悲伤束缚时的声音。

这便是结局了。

被雷击五次的哈米什·麦凯

THE
FIVE
LIGHTNING
STRIKES
OF
HAMISH MACKAY

哈米什·麦凯五十八岁,出生于一个名叫克罗斯博斯特的村庄,这个村庄位于苏格兰外赫布里底群岛中的刘易斯岛。他拥有一艘渔船,以捕捉龙虾和螃蟹为生。

哈米什·麦凯只离开过村庄四次:一次是学校组织高中毕业生去格拉斯哥市;一次是参加妹妹的婚礼;一次是为了买货车;还有一次,他妻子玛丽满五十岁那年,夫妻俩领了护照,飞到泰国玩了两周。

泰国气候炎热,一日三餐总吃同样的东西,而且哪儿都买不到面包。哈米什买了几样纪念品:一件印着泰国地图的短袖衬衫、一个乌龟壳和几个身穿华服的装饰娃娃。之后他就和玛丽打道回府了。

我们的故事始于1988年一个周日的傍晚。风向转为东北，海上闷雷滚滚，云雨开始在海平线上聚集。

哈米什觉得该为渔船多系几条绳索。他走向海边，发现陆地上笼罩着一片昏黄，风声灌满了他的耳朵。突然间，所有声音都消失了，大海沉入黑暗之中，虽然当时才刚刚六点。

第一道闪电袭来，照亮了空旷的海面。在电光中，哈米什看见水面激起了小小的涟漪，涟漪急剧扩散且滋滋作响，仿佛快进的电影。狂风大作，甚至连海浪也追赶不上。黑暗再度降临，哈米什奔向渔船，此时海浪正将船在浮标与海岸间无情地抛来抛去，一个绿桶在甲板上哐当当地翻滚。哈米什跳上甲板，系好加固的绳索，将桶收进船舱，又把舱口的活板门关得严严实实。

下雨了。雨水瀑布般倾倒在他身上，地面水汽腾腾。这一周天气相当炎热。

哈米什·麦凯正往回赶时，闪电劈了下来。它像一根明亮灼热的钉子，将他钉在地上。整片土地都爆裂开来。

一切再度陷入黑暗，哈米什躺在地上，四肢不由自主地颤抖，一时间动弹不得。他的头发被烧焦，靴子从脚上飞了出去。他肌肉痉挛，脉搏在喉咙里突突直跳。虽然如此，他的神志还是清醒的。后来人们在岸边的石头间发现了他的靴子。

没了头发、睫毛和靴子，哈米什踉踉跄跄地回了家，让玛丽给他一杯牛奶喝。玛丽瞪着散发着电流与烧焦毛发气味的丈夫，冲出去发动了汽车。

玛丽把哈米什送到了斯托诺韦的医院。医生检查了他的心脏、记忆和脚底，没发现什么严重伤害，哈米什·麦凯次日上午便回家给他的饵鱼去内脏了。

1992年8月的风暴中，闪电再次来袭。哈米什·麦凯和他的渔夫同伴蒂莫西·麦卡勒姆设法在附近的一个岛旁找到了躲避风暴的地方，闪电却击中了船上的天线。电流顺着两侧船舷释放出来，通过金属栏杆蔓延到整条船。哈米什在船尾栏杆上烧伤了手，蒂姆[1]却被闪电击入海中，溺水而死。两天后，人们才找到他的尸体，已经漂浮到邻近海湾了。

渔船内部完全烧毁了。舱壁的配件被炸飞，窗户爆裂，仪表和其他电气设备碎了一地。塑料融化，木板烧焦，黑色的污水在地板上一漾一漾的，空气中弥漫着刺鼻的焦味。锯齿状线条横贯一整面木板墙，那是闪电的烙印。哈米什收进船舱的桶在地板上熔成了绿色的一团。

---

[1] 蒂姆：蒂莫西的昵称。

蒂姆·麦卡勒姆的葬礼之后，流言蜚语便在村中传播开来。有人说，哈米什·麦凯一定是犯了什么过失，因此遭到惩罚；也有人觉得他自视过高——他刚开始学法语；还有人将哈米什和他父亲多年前的争吵旧事重提。人们同样乐于揣测为什么他和他老婆没生下一儿半女，以及为什么哈米什的头发在第一次雷击后变白了。

玛丽和哈米什尽力让生活恢复正常。哈米什买了一艘新拖网船，比原来那艘小一些，取名"银色宠儿"。他的白头发与眉毛也长了回来。

村里没人再敢和哈米什出海了，他与玛丽只得单打独斗。

哈米什·麦凯第三次遭受雷击是在 1995 年，当时他正在房后修补花园棚屋。这次的动静是如此之大，玛丽听见后立即向后院冲去。她先看见了邻居家的马，它被吓得撒腿狂奔，身后还拖着货车。突然，货车的一侧轮子陷在沟里，整辆车倾斜起来。货车被卡住了，马后腿直立，又被猛然停止的货车拽得侧倒在地上。从花园里，玛丽能看见那牲口的眼白在傍晚的昏暗中发亮。邻居在附近什么地方，边跑边唤着他的马，但玛丽没看见他。

哈米什·麦凯站在花园边上，周身飘荡着和上回一样的焦煳味。他的头发又被烧焦了，闪电还灼伤了他的一块头皮。他的眉毛和睫毛也消失了，指甲从手指上脱落下来。

玛丽试图和丈夫说话，但他没有回答。他只是原地站着，摇摇欲坠，目光在花园里四处游移。他似乎没认出自己的妻子。然后他晃晃悠悠地走到接雨水的大水桶旁，将脑袋浸入水中，便晕倒了。

病床上，哈米什用没有睫毛的双眼空洞地注视着妻子。他不肯让任何人碰他，一旦有人试着碰他，他就立马尖叫起来。最轻柔的触碰似乎也令他痛苦，仿佛他被灼去了整整一层皮肤。玛丽曾一度以为哈米什失去了理智，但检查发现，其实她丈夫失去的是听觉。

这一次，哈米什·麦凯完全变了个人，欢乐离他而去，阴郁随耳聋而来。哈米什·麦凯陷入沉默之中。

村民开始惧怕哈米什夫妇。一遇到风暴天气，人们就绕着他俩走。流言停息了，也没人再揣测哈米什的罪过。人们只是摇摇头，不再开口。

但生活还得继续。妻子给鳕鱼和鲭鱼去除内脏，丈夫将内脏剁碎，放在虾笼里。他们一起将虾笼放进大海，两天后再取出来。他们把捕获的龙虾和螃蟹卖给斯托诺韦的一个供货商。

2007年,闪电第四次来袭,当时哈米什·麦凯刚参加过母亲的葬礼,正在归家途中。他在葬礼上穿的体面衣服着了火,背上被烧出一个树根形状的印迹,呈之字形,从右肩延伸到左腰。这一次,他的左腿神经也受损了,哈米什成了瘸子。他的头发和指甲长了回来,挺拔的身姿却一去不返。

2012年,哈米什·麦凯已经成为遭受过最多雷击的欧洲人,在世界范围内,他是有史以来的第四名。《吉尼斯世界纪录》里提了他一笔。

哈米什·麦凯在BBC拍摄的一部系列纪录片中担当了一集的主角。节目分析了外赫布里底群岛发生雷暴的频率,又将哈米什与该地区的其他渔民进行比较。在节目制作人看来,哈米什·麦凯的遭遇仍旧是个不解之谜。

⚡⚡⚡

亲爱的麦凯先生:

我在电视上看到了关于您的纪录片,您的遭遇令我深受触动。我产生给您写信的念头,是因为命运同样戏弄过我。其实我的情况与您大不相同，也与雷电无关。您看，我中过两次彩票大奖。（除了家人，此事我只告诉了您。）或许遭遇四次雷击后，您会认为中两回奖不算什么，但无论如何，我的生活因此天翻地覆。

希望您不介意听听我的故事。三年前，我赢了彩票。多么神奇的巧合——恰恰是我买的数字球落进了塑料管里！不可思议！但话说回来，总有人的数字球会落进塑料管道，这次这个人刚好是我。

我还清了债务，过上了完全随心所欲的生活。我外出旅游，还买了一座老房子。我建了一座十全十美的作坊。那时我真开心！一切都妥妥帖帖！您明白吗，麦凯先生？我一辈子都生活拮据，现在所有的忧虑都烟消云散了。那是多么自由自在，多么如释重负！

可后来我又中了一次奖。我买的数字球再一次落进了塑料管——与第一次不同的数字。我不明白这种事怎么可能发生，但它就是发生了。突然之间，"偶然"这个词似乎无法充分解释我的遭遇了。我不开心，也不快乐，我什么都感觉不到。第二次中奖以某种奇怪的方式将第一次中奖的喜悦夺走了。

一种古怪的愧疚感席卷了我，仿佛我在做什么未经许可的事时被抓了现行，但我没做什么错事！买彩票是一直以来的习惯,我不想停止。我喜欢抽奖时的那份激动。我喜欢数字球落下的样子。我的生活里难得有这样一项坚持下来的爱好。

我曾以为,生活还会继续。我活着,我制毡,我买彩票,我抢购超市里的促销商品。

但现在我觉得我的人生似乎还关联着其他东西,但究竟是什么呢?

我是否成了某种恶作剧的对象?

下一步会发生什么?

然后我碰巧在电视上看到了关于您的纪录片。我想,这个人一定能理解我的处境,这个人也遭受过命运的捉弄,正和我一样,也许他能给我答案。

BBC 不愿提供您的地址,但一位好心的剧务答应把这封信转交给您。我会在下面附上我详细的联系方式。

致以美好祝愿。

安努·海斯卡宁

↯ ↯ ↯

亲爱的海斯卡宁夫人:

我是个渔人。我捕捉龙虾和螃蟹,和我的妻子住在一座小房子里。我们在花园里种红花菜豆、土豆、南瓜以及三种卷心菜。

您向我寻求答案,但恐怕这答案您只能自己去找,因为据我的经验,他人的言语并没有帮助。

向您致意。

哈米什·麦凯

附言:以下是我的地址。

⚡⚡⚡

亲爱的麦凯先生:

原谅我再次给您写信。我明白应该自己解决此事,但您在纪录片中是那样心平气和,我不禁在想:难道您不害怕、不恼火吗?我自己就火冒三丈!如果知道这火该向谁发,我早就大发雷霆了。

很少有人能在日历上画一条线,精确地标出自己生命中的转折点,但您和我,麦凯先生,我们能做到。有人可能会反对,说我是困于好运,而您则是困于不幸,但事情没那么简单。听我说,人不一定要遭罪才算受了打击。正因为如此,我才两次给您写信。请原谅,我只是在这件事上太孤单了。

致意。

安努·海斯卡宁

⚡⚡⚡

亲爱的海斯卡宁夫人：

相信我，我也问过这样的问题：这是玩笑吗？这意味着什么？但这些问题并不能改善我的处境，因此我也不再问了。

我妻子玛丽在菜地里种了菜豆苗。绿油油的豆苗出土时，坚决又满溢自信。它会自己摇晃一阵，像是蹒跚学步的孩子，但一碰到什么东西，它就把毛茸茸的茎缠上去，寻求支撑。它对陌生事物有着如此盲目的信任。

您知道吗，海斯卡宁夫人？我们并非完全孤单。我在《读者文摘》上读过，美国的一位护林员曾被雷击过七次。第七次之后，他用猎枪打爆了自己的脑袋。我个人是无法就此评判他的。

祝好。

哈米什·麦凯

⚡⚡⚡

亲爱的麦凯先生：

我差一点就没撑过去，虽然我没有碰猎枪。我睡着了——第二次中奖后，我睡了三个半星期，险些忘了醒来。

我没有做梦。我记得入睡时的情形，我沉入某个黑暗深邃的所在，三周半后我又浮了出来。我弟弟和他女儿声称我吃过东西，眨过眼，刚开始那几天甚至还说过一两句话——这些我自己都毫无印象。

醒来时，我感觉身体很重，仿佛刚刚度过一个雨夜。（不知您的睡眠情况如何，麦凯先生，但我在雨夜总睡得特别沉。）有人在大声朗读，读的是赛马结果。一开始我不明白声音从哪里来，但后来我就看见收音机已经被放进了我的房间。我弟弟决定每天给我播放新闻、天气预报和彩票中奖结果。可能是为了取笑我吧？我不太确定。

我站起来，又立即跌坐在一把椅子上，头昏目眩，胃里翻江倒海。我踉踉跄跄地走下楼梯，勉强在扶手上支撑着身体。幸好我弟弟和他女儿听到了动静，过来找我。他们一起把我扶到了楼下。

我坐在桌旁，努力消化着弟弟和侄女的话。我翻动着桌上堆着的信件和报纸,这才意识到自己真的一连睡了二十五个昼夜。

我几乎一个月没有洗澡,侄女皱了皱鼻子,但我太虚弱了,不能站着淋浴,于是我弟弟命令我坐在塑料小凳上洗,侄女守在门口。

洗完澡后,我开始进食。我好像停不了嘴,苏醒后的头二十四小时里,我什么都吃。我的肚子呼噜呼噜响,像是养了一群猫,侄女咯咯地笑起来。

那是五个月前的事了。

是什么唤醒了我?是某个念头,是饥饿,或者我只是意识到自己并不想死?麦凯先生,您心里是否清楚,什么才是您活下去的动力?

致意。

安努·海斯卡宁

⚡⚡⚡

亲爱的海斯卡宁夫人:

您的信引起了关注。今天邮递员开玩笑说我成了电视明星,开始收获粉丝邮件了:还是从国外寄来的。这事成了他们在邮局的谈资。

最近我不怎么出门。第三次雷击毁掉了我的听觉，我觉得自己并不想念与人们像之前那样交谈。我像往常一样和玛丽说话，我也能读唇语，虽然在船上这样做并不容易。我必须将目光同时分配到虾笼和我妻子的嘴唇上。打手势也不是万能的，因为手指可能正忙着拉虾笼的绳子，但我们不需要言语就能理解许多东西。

有时候我希望自己还能听见风声。以前我从没意识到，能靠耳朵从自然中听出那么多东西。现在我必须打开门，用皮肤感受风向。在船上，如果发动机声音太大，我妻子就会抱怨。必须承认，在海上，我不想念自己的听觉。我向来不喜欢捕鱼时话太多的男人，更别说他们还唱歌。至于海浪，我可以去感觉。我只希望不会失去视觉。

你信中提到了一段无梦的深睡。闪电击下时，我也同样只感觉到一片空白。有那么一会儿我什么都不记得，一切都被抹去了。冲击过去后，我的记忆恢复了，疼痛也随之而来，但那段空白，它令人头晕目眩。

我不知道自己为什么没有死。这里的人说是报应，但他们现在已经不敢再公开说了，因为玛丽给了他们一点教训。

哈米什·麦凯

↯↯↯

您好,麦凯先生:

我还没去领第二次中彩的奖。我害怕消息万一传出去,会有人突发奇想去联系报社,那我就成为一个著名怪胎了。我怕侄女会告诉学校的人,或者有人会在商店里认出我来,什么都怕。

我已经不敢再买彩票了。

您继续生活,一如既往,是吗?您不害怕吗?

不知为什么,我已经彻底没了精气神:我只会坐在那里翻来覆去地想,觉得有些东西就是想不明白。我的生活分裂成了两半。一半的我和从前一样运作着:醒来,行走,进食;但在商店里,我往往只是呆呆地站着。和我一起站在货架过道里的人可能根本不知道旁边这个女人正陷入怎样的迷惘。当我站在那里思索时,会感觉架子上的货物正纷纷落在头顶,或者地板正在消失。然后我付款,把买到的东西塞进包里,像正常人一样开车回家。

我弟弟近来饱受煎熬,我不能找他倾诉。昨天,我想在网上查找彩票中心的详细联系方式,结果却只是傻乎乎地瞪着浏览器发呆。我输入:彩票求助。然后一个念头突然出现,我仿佛如梦初醒:我想变成一只绵羊!我对自己叫了声"咩",感觉很好,非常愉悦,于是我在搜索框中输入"咩"。我想奔出屋子,加入前院那群羊。

安努

⚡⚡⚡

亲爱的海斯卡宁夫人:

三天以来,这里一直遭受着可怕风暴的侵袭,我没法出海了。风把三块石板瓦和一段排水管道从屋顶上掀了下来。

"银色宠儿"是一艘小船,风速大于每秒十五米时,我不想出海。风会把虾笼抛来抛去,使它们裹满烂泥。

昨天我骑车出门,风刮得真厉害,我连下坡都得使劲蹬车,上坡就更难了!这里的气候总是阴郁多风。这里没有树,什么都没有,只有石头。海里是石头,岸上也是石头,但下坡蹬车还是不可思议!

我去了邮局,人们在排队,等着面包房送货。我一进来,所有人都像往常一样停止了交谈。他们先扫了我一眼,接着便看向窗外空中的阴云。

许多人认为我被诅咒了,或者上帝在考验我,就像考验《旧约》中的约伯。他们谣传,第三次雷击后,还有一块雷雨云追在我身后,我从海岸边逃回家里,是想逃离新船，免得它被雷电击毁。他们说我不停绕弯，想甩掉雷雨云，但它一直紧追不舍。最后，当闪电终于劈下时，邻居的马受惊脱缰，受了伤，人们不得不开枪结果了它。

当然，这不是真的。当时我并不认为（现在也一样）云、天空或者上帝会追逐我，或者追逐任何人。

从那之后，我不再去教堂。之前我也不是什么虔诚信徒，但闪电劈了我三次，教堂却还好端端地立在悬崖上，我已经没兴趣再听牧师对此做出的任何解释了。

对某些人来说，相信这是上帝在惩罚罪人要简单一些。唉，好吧。其他人则相信这是奇迹。我不确定所谓的奇迹是什么。人们似乎认为某些神秘事件就是奇迹，这样一来它们就有了解释——事件本身的真相也许无从得知，但既然它发生了，就代表它背后隐含着某种信息。

也许世界需要不时被震撼一回，海斯卡宁夫人。我无疑震撼了这个村子。当我走进商店时，所有顾客只要对我瞧上一眼，就会想到天空随时可能塌在头顶上。

您的朋友哈米什·麦凯

⚡⚡⚡

你好：

这里无事发生

春天离我们越来越近了。夜色渐渐明朗，积雪融化，绵羊在屋外发疯一样蹦蹦跳跳。

你在第二封信里说过我们并不孤单，也提到了美国护林员的故事，但你知道吗，麦凯先生，还有其他和我们一样的人呢！

有时候天塌了，有时候地陷了，有时候一份匪夷所思的好运砸中了你，令你举步维艰。

有时候一些事会发生在你身上——只发生了一次，然而你的余生都在苦寻一个缘由。有时候人生风平浪静，你又用余生思索为何会无事发生。

但现在是讲故事的时间，我弟弟给我讲了一个船难的故事。他最近非常热衷于计算概率问题，因此才会发现这个故事。我将它写下来给你看看。

幸运的母亲

1940年9月，蒸汽船"肯特公爵夫人"号从利物浦出发，前往加拿大，船上是一百三十九名儿童。当时，英国人害怕德国人会登陆，于是许多家庭将孩子送往国外安全的地方，目的地包括远隔重洋的美国与加拿大。9月26日，一艘德国U形潜艇向"肯特公爵夫人"号发射了两枚鱼雷，将其击沉。八小时后,英国皇家海军的货船"阿尔伯特"号到达现场,发现了两个坐在橡皮艇上幸存的男孩,稍后又发现了一个坐在救生艇上独自漂浮的女孩。

三个孩子被带回英国,整个国家都为那些不幸惨死的孩子哀悼。由于这次惨剧,人们不再将孩子送往海外。

但是有一位母亲非常幸运。全船共一百三十九位乘客,幸存的三个孩子中两个都是她的。她的一儿一女分别成功坐上了救生艇,当时他们也不知道对方的命运。七十六个家庭为保护孩子将他们送走,却只有这位母亲没有失去任何一个孩子(另一个幸存男孩的两个姐妹死于溺水)。

这家人从此隐姓埋名,战争结束后,他们移居美国,那位母亲始终没有同意向媒体透露事情经过。

麦凯先生,你一定明白为什么这位母亲的命运打动了我。这是一份多么强大又过于沉重的运气!这位母亲要怎样向自己解释,为什么偏偏是她的孩子活了下来?好吧,也许她无法解释,毕竟她后来移民去了另一片大陆。难道是她的孩子特别坚毅,求生意志特别强?或者他们只是比其他孩子更加残酷无情?这位母亲是否曾不得不问自己这

这里无事发生

么一个问题：难道是我的孩子把其他孩子推开了，才得以死里逃生？

不幸的是，我们谈论的这位女士已经不在人世，但我想和你分享她的故事。

愿海中龙虾成群，海上波澜不惊。我会寻找更多故事，并再次给你写信！

致以美好祝愿。

安努

⚡⚡⚡

亲爱的海斯卡宁夫人：

你曾问我是否害怕，我已认真思考过这个问题，真的很难回答。

我的第一个念头是：如果被恐惧掌控，那我还剩下什么？没有工作，没有自由，什么都没有。我必须继续生活，一如既往。

但我当然害怕，与其说是为了自己，不如说是为了玛丽，但这话我是不会对她说的。

当空中雷声响起时，我就离开家。我养成了一个习惯：去海边，去棚屋附近，或者其他我能独自一人待着的地方。蒂姆死了，我不想让另一起意外再压迫我的良心。

这并不是有意识的行为。上次风暴来临时，我正在柴房整理一堆漂流木，突然间我发现玛丽站在我面前大喊大叫。也许她已经冲我嚷了一阵子，可我是听不见的。她想把我拖回屋里，我挣开了她，最后发展成一场大战。

那一次我们两人都没有受伤。我们彼此依偎，在柴房坐了一整晚。

哈米什·麦

⚡⚡⚡

亲爱的麦凯先生：

我在电脑上看了一段短视频。它是1978年在波多黎各拍摄的，记录了著名的走钢丝者卡尔·沃伦达在电视直播节目中坠亡的一幕。过程前后不过二十秒，但其中某种东西令我难以自拔，我忍不住看了一遍又一遍。

卡尔·沃伦达来自一个著名的马戏家族。最近，他的曾孙还在摩天大楼间行走，并成功越过了尼加拉瓜瀑布。1978年，卡尔·沃伦达身处三十七米的高空，试图从一座十层高楼走向另一座。骤然之间，狂风吹来，钢索开始摇晃。视频中的他一手抓住钢索，试图蹲下身体，但他的脚落了空，没能钩住钢索。于是卡尔·沃伦达落了下去。他就这么普普通通、笨手笨脚地落了下去，像我们所有人一样。旁观者还来不及反应，卡尔·沃伦达便重重摔在了街道上。

有些人多年来一直能化险为夷，令人相信他们拥有不死之身。有些人技艺高超、出神入化，简直就像拥有魔法或者超自然的力量。孩子们则总有守护天使陪伴在侧。然而，最后只是刮了一阵风，发生了一次愚蠢的失误，人就这么死了。

安努

⚡⚡⚡

最亲爱的海斯卡宁夫人：

年轻时，我曾和叔叔一起捕鱼。我堂弟格雷厄姆年纪比我小，还不能完全应付手头的活计。我比他强壮，活也干得更好。有一次，我们在海上遇到了急速涌来的强劲海浪。我们当时正驶向外海，叔叔试图继续航行，寻找一条合适的航线，令渔船不至于承受浪头的全力冲击，但船还是剧烈摇晃着。

我听见叔叔喊着要返航了。他好不容易才将船驶出一小段距离，一个不知来自何处的浪头便涌过了甲板。我堂弟格雷厄姆消失了，我亲眼看着他被卷走。就么一转眼，就那么一转眼。格雷厄姆一声都没来得及出。大海翻滚了两下，一切就都结束了，格雷厄姆就这么不见了。

　　我们在附近细细搜寻了很久，其他几条船也过来帮忙。浪头将我们抛来抛去，风将我们往岸边推，格雷厄姆却踪迹全无。不知你是否见过大海残暴的一面？那时想要看穿它的波峰浪谷是不可能的。

　　我在那时第一次明白，大海完全超出了我们的理解能力。它没有记忆，没有良知，闪电与它多少有些相似。它们并没有追逐我，它们不记得上一次击中了哪里——它们对此不感兴趣。

　　　　　　　　你的朋友哈米什·麦凯

⚡⚡⚡

我的好朋友麦凯先生：

　　希望你一切安好。过去几周，我都在装修房子。我着手将一楼的房间恢复了当年的旧貌，为此我雇了一名资深木工。

在几面墙上，我们发现了十二层墙纸，在天花板上则发现了五层托底纸。我在拍卖会上买了一盏客厅用的枝形吊灯。客厅原本的枝形吊灯也是从前在拍卖会上买的，那次还买了许多家具。用货车将高度超过一米的吊灯运到这里来真是个大工程，更不用说还要一块块清洗上面的水晶……好吧，它现在已经挂在那里闪闪发光了。

除了装修工作，每天的生活都是一种挣扎。说实话，开启这个翻新工程不过是因为我想做点什么，但现在活计都被工人做了，我只是在出现问题或者需要做决定时才被叫过来。有几次我询问要不要搭把手，或者我能不能做些什么，但他们不需要我。

来到作坊时，我只能站在那里看着羊毛发呆。我想不起来去购物，车也没法开，因为我忘了给车年检。暑假前，我有一次忘了去学校接侄女。直到课后兴趣班有人打来电话，说他们那里有个3C班的女孩，问我是否能找人去接，我才从睡梦中醒来。

昨天我五十四岁了。我站在屋外，看着弟弟买来的烟花，却发现自己高兴不起来。明年会发生什么事呢？侄女蹦蹦跳跳，烟花令她兴高采烈，我却只想离开，躲进屋里去。

我又发现了几篇报道，决定立即寄给你看。第一篇是体育新闻（没想到吧），另一篇的故事还是发生在海上。

完美一跃

鲍勃·比蒙参加1968年夏季奥运会的男子跳远赛时，个人最好成绩是8.33米，是比赛中的优势选手之一。

预赛前两跳比蒙没能得分，因为他两次都越线了。第三跳时，他表现出色，进入了决赛。

决赛中，比蒙纵身一跃，落到了沙坑的另一头。这一跳甚至超出了测量仪器的覆盖范围，裁判只得人工测量距离。

测量结果为8.9米。

这一结果超出跳远世界纪录半米多，而1901年以来，世界纪录只刷新了6厘米。

当广播员宣读结果时，比蒙自己都没听明白，因为他习惯用英制度量单位。队友把结果换算给他听后，比蒙双膝跪地，双手掩面，这个成绩让他在片刻之间承受了一次突如其来的心理冲击。

这一跳很快在体育场中掀起了轰动，给其他决赛选手带来了更大的困难。获得银牌的东德选手只跳出了8.19米。

以下这段想必你会喜欢,麦凯先生:

一位体育记者称比蒙为"见过闪电的人"。奥运夺冠前,他的最高纪录是8.33米,这次比赛后,他的成绩则再也没超过8.22米。仅仅那一次,他实现了完美一跃。

鲍勃·比蒙的世界纪录保持了二十三年,如今仍处于世界第二的位置。

海上救援

2014年,一艘玻璃纤维船漂流到了太平洋的一座环礁。船体伤痕累累,爬满了贻贝和其他海洋生物。人们在船内有了以下发现:一只还活着的水鸟幼雏,一只死海龟,海龟壳,鱼的残骸——以及一个瘦骨嶙峋、须发覆面的男人,身上仅穿着一条破旧的衬裤。

这个男人被带到了岸上,他似乎只懂西班牙语。喝过几杯水后,他开口说话了,自言自语地重复着:"我好难受,真难受,漂得太远了……"

他瘦得皮包骨头，神志不清。

环礁上居住着一位挪威海洋学家和若干土著居民，没人会说西班牙语。男人被带到了市长面前。他说自己名叫若泽·伊万，是十六个月前从墨西哥出海的。然而墨西哥远在一万三千公里之外。

若泽·伊万给市长画了一幅画。画上有一条船，里面有两个人。然后他画了个箭头，表示其中一人从船上落进了水里。他画了海龟、鸟和鱼，画了自己的双手，画了雨水和海龟血，画了一道从天而降的闪电和一匹踏浪奔驰的马，画了一群穿着龟壳在水中跳舞的孩子……他一直画到笔尖折断才停手。

研究者们对若泽·伊万的故事表示怀疑。据悉，若泽·伊万是假名（他在墨西哥似乎是非法居民）。另外，坐在小船里漂流一万三千公里对他来说也是不太可能的。

我在网络上找到了一张若泽·伊万的照片，是他返回陆地两周后拍的。他已经剪短了头发，也剃了胡须。他的皮肤上布满斑痕，有几处好像脱皮了。他的眼神中毫无快乐可言。麦凯先生，猜猜配图文字中，若泽·伊万说了什么？

"我只想过清净日子。"

祝顺利一冬。

安努

⚡⚡⚡

亲爱的海斯卡宁夫人：

读若泽·伊万的故事时，我笑得很厉害。这人在海上漂泊了一年半，大部分时间是独自一人，根本不知道自己能不能活着回到岸上。最终获救时，他却说"我只想过清净日子"！

至于日常生活，你只能亲力亲为。你我都知道生活不过就是装装样子，但也不能完全放弃。我就是这样想的。我每天都驾船出海，然而我心里清楚，其实做不做无关紧要。可话说回来，除此之外我还剩下什么？如果不打鱼，我还拥有什么呢？

祝好。

哈米什·麦

⚡⚡⚡

我的朋友麦凯先生：

谢谢你上回的来信，它对我很有启发。收信的次日早晨我就去了作坊，收拾一番后开始干活。先做点简单的：锅垫！它们呈漂亮的方形，怎么看都干净利落。（随信附上一枚。）方形是令人愉悦的形状，不是吗？任何能圈在四角之内的物品都给人清爽的感觉，有点像绘画的边框。事实上，我制作的所有物品——地毯、墙帷、图画、锅垫——全都是方形的。现在想想，方形一直是我最喜欢的形状。

我侄女在玩谋杀游戏。她似乎对与尸体相关的东西非常着迷。最近，她总是让我在她周围画线。她趴在地板上，四肢摊开，仿佛背上刚被捅了一刀，然后要我在她周围用粉笔画线。她极力要求线条不能断开，而且必须与她的实际身材相符。然后她站起身来，将图案检查一番，走到房间的另一头再"死"一次。我们二楼的图书室里如今横七竖八躺满了"尸体"。

安努

附言：这次寄来的故事出自一份报纸。你可能觉得它跟我们扯不上关系，但我就是无法将它逐出脑海。并不是因为其中发生的事，而是此事发生的原因。

摔跤比赛

于尔根和学校的朋友们吵架了,因为他输掉了摔跤比赛。他很恼火,但还是和朋友们去了酒吧。然后他决定离开,跑回了家。他拿上父亲的几把枪,骑着摩托车回到了镇中心。

于尔根爬上一家商店的屋顶,坐了下来。他听了一会儿手机中的音乐,一曲终了,他便透过一把小口径步枪的瞄准器注视着下方的街道。"看了一阵子,我就开始开枪。"于尔根向法官陈述道。

于尔根用那把小口径步枪射了二十发子弹,但似乎无人注意。于是他换了一把猎枪继续射击,直到看见两个男人倒在地上,他才停手。

"后来我就跑了,我突然觉得很想睡觉。"于尔根说。他在树林里睡了一会儿,然后步行回家。看见家门前的警察后,他便在路边坐了下来。警察就在那里发现了他。

法庭上,法官询问于尔根开枪的原因。

"呃,因为我输掉了摔跤比赛,"他回答,"我只能说得出这个原因。"

⚡⚡⚡

我的朋友哈米什·麦凯:

从京都向你问好,我决定出门玩一小趟。

没有我,住宅整修工作似乎也进展顺利,我也渐渐厌烦了制作锅垫。我弟弟整个夏天都在生病,不过现在他稍有恢复,已经回去上班了。我侄女如今也能独自坐公交车上学,所以我觉得离开一小段时间没有问题。

卡片上是我昨天去的一个公园,在那里我喝到了保存了一百多年的茶。不可思议吧!

希望你一切安好。也许我离开时你给我写过信,现在这封信正在家里等我呢。

来自好友安努的致意

⚡⚡⚡

亲爱的麦凯先生:

冲绳也有渔船!我昨天吃了龙虾。我在一个售货亭看到这张卡片,决定把它寄给你。你的信是不是被送丢了?我弟弟在电话里说没收到信。

诚挚祝福。

安努

这里无事发生

⚡⚡⚡

我亲爱的朋友：

芬兰下了第一场雪，每一场雪都同样神奇。现在一切都洁白干净，夜晚不再黑暗，大雪仁慈地将花园里未完成的工作覆盖了起来。看看这场雪能留多久吧。天气预报说下周天气会转暖，在我们南方，这意味着融雪与黑暗的回归。我从来都抽不出时间在秋天结束前打扫沙石路上的边边角角，可恶。用铲子把它们整顿干净需要好几天呢。可你又能怎么办？割草机可不适合这样的工作。

我在飞机上的《纽约时报》里找到了一个关于汤姆·桑德斯的故事。本该把整篇报道剪下来寄给你，但我可能不小心将报纸做成了肥料袋。现在我凭记忆将故事记录下来。

被吞入地底的熟睡者

2013年2月28日，佛罗里达（没记错的话），汤姆·桑德斯像往常一样上床睡觉。他的妻子在值夜班，孩子们已在楼上房间里睡熟。凌晨2点14分，汤姆·桑德斯住宅的地面突然塌陷了。地上出现了一道长达十米的裂口，将卧室地板连同正在熟睡的主人汤姆·桑德斯一同吞了进去。

孩子们往楼下跑,发现一楼一半的地板消失了。邻居们通知了当局,当局设法救出了困在楼梯上的孩子,并立即开始搜索被吞入地下的汤姆·桑德斯。他的家人希望他能被气窝一类的东西接住,得以存活。

二十四小时后,搜救不得不停止,因为整座房子都有坍塌的危险。汤姆·桑德斯踪迹全无。据估计,地陷深度约有十米,但无法进行任何验证。

所以,如果说天空和海洋靠不住的话,大地也同样不安全!冰块砸落,闪电击打,海浪卷涌,有时地面也会随随便便就裂出个口子。

希望你一切平安,照顾好自己。

致意。

安努·海斯卡宁

⚡⚡⚡

我的朋友麦凯先生:

圣诞快乐。你没有换地址吧?

上一封信里我忘了提到飞机上坐在我邻座的一位退休

女士——朱迪丝夫人。她说,有时候,无事发生才是最神奇的事。她告诉我,1999年她差点成为炸弹袭击的受害者。

当时她正站在超市的收银台边,突然听见入口处爆出一声巨响。站在门旁的保安被一簇铁钉击中,失去了双眼。还有许多人受了伤。朱迪丝夫人正在把买完的东西装进袋里,离门口只有十秒路程。

我说,你没出事真的非常幸运。

大家都这么说,她回答。什么都没发生,这是真的,但多年来她一直在问自己:

为什么我会在那个地方?

为什么我不在其他地方?

如果公交车没有迟到,我当时已经不在那家超市。

如果我选了另一个收银台排队,我就能更早离开。

为什么公交迟到了?

为什么我会在特定的时刻出现在特定的地点?

为什么无事发生?为什么差点有事发生?

然后她告诉我她被难住了。没有答案。长久以来,这些问题就是在她脑海中盘旋不去——哪怕后来又有两个炸弹爆炸,哪怕那个放置炸弹的右翼极端分子被投进监狱,哪怕有人创作了一部关于极端分子的戏剧,并且已经公演了。

安努

⚡⚡⚡

亲爱的海斯卡宁夫人：

我写信是为了通知您，我丈夫哈米什·麦凯已于10月23日去世。最终，是命运赢得了这场古怪又愚蠢的游戏。

所有来我们这里搞运动拉选票的人都让我们穿救生衣，但那个固执的倔男人从来不肯听从。对于自己的结局，他心里清清楚楚。至于他想证明什么、向谁证明，就只有上帝知道了。

我知道哈米什喜欢和您通信，他有舞文弄墨的癖好。不知他是从哪儿得来的这份才华，他父母都是大老粗。我想他也是因此才同意拍摄BBC的那个节目——那样他就能认识稍微不一样的人。他喜欢接触那些高大上的事物，我对此并不介意。

愿您一生好运，小心别好运过头。

哈米什葬在克罗斯博斯特教堂墓地。

向您致意。

玛丽·麦凯

人鱼的水花

A MERMAID SPLASHING

1

我被尖叫声惊醒。那女孩又出什么事了？为什么发出那种声音？白天她相当正常，可夜里她就像被鬼魂附身了一样。

还好，佩卡起身了。不过他上楼后，床上变得冷冰冰的。

如果屋里只有我一人，我不会去看她，绝对不会。我会安全地窝在自己的床上，等着她折腾完，早晚会结束的。真的好吵。

夜里的楼梯间真冷，热泵重新供暖前，人最好一动也不要动。夜里，整座房子似乎是属于别人的，反正不属于我。

这房子通往外面的门太多了：一扇通往前院，一扇通往后院，地下室和柴房也都有连接房子的门。我想要一个自己的出口，只属于我的藏身地。

适应这房子可不容易。墙壁和门分属不同的时间——某物从前在哪里，某物早已不在哪里，某物将来可以装在哪里。我一直不知该拿那四扇通往室外的门怎么办，直到一天夜里醒来，我再次开始想象火灾的场景。

从孩提时代起，我一失眠就会想象火灾。我在心里列出逃跑时要带的东西，计划了逃跑路线，还想着那时门把手会不会已经烫得握不住了。这些年，房子、门和家当都换过几拨，只有火灾的梦境没有改变。住在四楼老公寓时，我经常想象从阳台上跳下去的情景。是跳，还是选择被烧死？除非身临其境，否则很难得知自己会怎样选择。

九月将尽，秋夜渐寒，我让佩卡给地下室的门装了个结实的插销。我感觉有东西想进来，可能是寒气、湿气或者田鼠。除了自制的苹果酱，我不希望任何东西穿过那扇门。

还有那些窗户。有一次在夏天，我醒来时发现一只蝙蝠正在床的上方飞！它飞了一圈又一圈，时不时撞在灯上。天啊！我缩进被子里，从头到脚蒙得严严实实，张口尖叫起来。尖叫时我下意识用了瑞典语。佩卡以为我又抽筋了,掀开被子给我按摩小腿肚。直到我终于换回芬兰语,扯着嗓子大喊:"蝙——蝠!"佩卡才意识到有什么东西在他头顶扑扇翅膀。他起身时蝙蝠飞了下来,我尽全力紧紧伏在床上。我想我又尖叫了。

佩卡将围巾挥向蝙蝠,终于把它打落在地板上。它被裹在围巾里,又叫又咬,甚至想咬佩卡。最后佩卡捡起那团围巾,走向窗户,把它扔了出去。

"可怜的小东西,肯定吓坏了。"佩卡边关窗边说。

我无法相信自己的耳朵,他居然同情那只蝙蝠。不知怎么,在他看来我表现幼稚,倒是可怜的蝙蝠落在这个古怪的地方,被吓坏了。

那女孩白天沉默寡言。不知她脑子里都转着什么念头,她不会说出来。她目视前方,独自沉浸在思索中,如果我问她怎么了,她只哼一声。没有什么能让她活泛起来。

有时候他俩坐在一起,那平静的模样看起来有些让人毛骨悚然。我记得在搬家前的清洁日,他们把东西塞进垃圾袋时的样子。没有交谈,也没有眼泪,什么都没有,他们只是把旧东西朝黑袋子里塞。他们做事时有着无言的默契，但这默契却让我打起了寒战。女孩把所有棋类游戏、绒布玩具、动画录像带、旧衣服都扔掉了。我想说我们可以把东西送到回收中心，可他们只想摆脱，于是我们开车去了垃圾场。

我以前从未去过垃圾场，没车的话是去不了的。我真不知道垃圾场就像世界的顶峰。车最终开上了一个斜坡，我们跟着其他车走，每辆车都拖着装得满满的挂车。开到坡顶，天空一下敞亮起来，景色向四面八方铺展开来，下方某处传来高速公路的轰鸣。堆积如山的垃圾顶部传来轰鸣声与摩擦声，时不时有满满一车玻璃碴倾泻而下，玻璃破碎的声音便淹没了一切。

垃圾场最高处有个平台，佩卡拎起装着旧日人生的八个袋子，放在那个平台上。海鸥在空中飞翔，一架黄色铲车用哐当作响的挖掘斗将金属碎片压成紧实的一块。那么多物件、那么多人生，都成了这幅图景的一部分。这是一片塑料碎石铺成的土地。铲车在最高处来来往往，成群的海鸥在头顶飞翔。这座山上的一切都是支离破碎的，我想。敞开的天空、刺耳的玻璃碎裂声，还有叮叮当当的金属声响。

然后我们两手空空开车回家。风是清新的，挂车里空无一物。我们从垃圾山的一侧滑下，和风一起回到了世界上。女孩一言不发地坐着。高速公路和我们一同飞驰,风和我们一同飞驰,海鸥也想飞在我们身边,却被无奈地甩在了后面。我们就这样开始了新的生活。

这里到处发出窸窸窣窣、噼噼啪啪的声音。碎片落进烟道,生物在墙里钻行,天花板会掉下甲虫,它们又大又黑,一旦掉下来,便躺在那里,仰面朝天抽搐着,用鞋跟踩上去,就能听见干燥的碎裂声。它们究竟在这里干什么?

宝宝出生后,我会懂得他,会保护他,会在他做噩梦时奔到他身边,那时我将无所畏惧。哗啦哗啦,他在我肚子里翻了个身。医生爱说什么,尽管说好了。

2

佩卡说这是一座健康的房子,因为基础设施都很完备,我不太明白所谓的基础设施是什么。他还说房子没被一次次的翻修毁掉,从他的话里能感觉出,这里经历过各种持续不断的改装。我自然也看得出这里三年来没有过任何打扫,因为夕阳照在窗上时,我看不见窗外的景色。玻璃上满是一条条绿色的花粉斑迹。细薄的蛛网随处可见——窗玻璃之间、电灯开关上、每个角落里,以及各种奇奇怪怪的地方,比如盥洗盆里、吐司炉和厨纸卷之间,摇椅上也覆盖了一层……蛛网那样纤细,要不是蛛丝上沾了灰尘,根本看不见它们。

窗台上落着死苍蝇,到处都能听见嗡嗡声,柴炉里飞出一只黄蜂。那天晚些时候,我听见烟囱清扫工对佩卡说,毁掉黄蜂巢最简单的方法就是往烟囱里扔石头。佩卡对他很不客气,说在这里我们不会往任何生物头上扔东西。佩卡差点当场把清扫工赶了出去。

第一次带我看房子时,佩卡非常兴奋。他告诉我,他之前曾打算扩建桑拿房,再在花园边上建个露台。他还描述了可以考虑采用的几种新型供暖系统。房子黄色的墙壁被午后的阳光照得发亮。我想,三年前,我可无法想象自己站在这片暖阳中,身边是一个要和我考虑供暖系统的男人。

想看清花园的真容可不容易,因为里面的植物都长疯了。据佩卡说,里面有草坪、有菜地、有花床,但我真分不清花园树篱和森林的界线在哪里。花园前部的草丛里零散地冒出几株树苗,花床似乎是指埋在庞大玫瑰丛下的那个东西。控制玫瑰长势的绳子早就松了，于是玫瑰枝条向前方垂下，在地面上蔓延开来。

一架脏兮兮、变了形的秋千被缠在树枝里，草丛中露出几个沙坑玩具，浆果树已经在深深的草丛中闷死了。

但这里有温暖明亮的玻璃游廊，我想象着在这里，坐在一把白色小柳条椅上。我还想着在窗台摆上天竺葵，以及被海水打磨光滑的石头。我想，正是这些造就了幸福。有游廊，有阳光，还能梦想着柳条椅。

门厅里的气味像是被闲置了许久的避暑小屋，或者老年人的家中散发出的。房子比我想象的还要老旧，木质部分也比我想象的多。虽然外面阳光灿烂，室内却十分昏暗，屋里所有的门都紧闭着。墙上涂着清漆的木嵌板令我想起小时候去过的滑雪小屋，我在那里喝过热果汁。

"这是厨房和客厅。"佩卡说着打开了门。他兴奋得像个小男孩，连动作都比平常敏捷。

我心中一震，意识到能搬回家里，他是多么快乐。

厨房是真正的乡村风格，里面有旧柴炉、摇椅和墙帷，地板上铺着长长的碎呢地毯。客厅地板上丢着几本童书，还有一套"饥饿河马"桌面游戏。沙发旁的窗台上放着一个肮脏的咖啡杯。这个房间似乎在四年前遭到了魔法诅咒，陷入了沉睡。他们甚至连未完成的游戏都没收拾。

人鱼的水花

佩卡给冰箱接上电源时,厨房的顶灯闪了一下。冰箱又是叹气,又是滋滋响,但还是启动了。随着冰箱运作的声音响起,整个厨房都活了过来。佩卡察看着冰箱内部,抽了抽鼻子,关上了门。

看向厨房时,我第一次猛然想到,原来佩卡比我年长。没关系——只是突然想起而已。也许是因为碎呢地毯,也许是因为这房子真大,也许是因为河马游戏。庄园也很大,但不属于他。这里才是佩卡的家:他的双手和步伐对这里如此熟悉,门旁的靴子正合他双脚的尺寸。

"好吧,那么,"佩卡说,"我们这就开始吧。"

然后他拎着桶,站在厨房中间,却没有任何动作。我不知道他究竟想开始什么,也不知道那与桶或我有什么关系。也许令人沉睡的魔法依然笼罩着房间,并且冻结了他的脑子。

"这里有二楼吗?"我问。

佩卡猛一转身,活了过来。他将桶放在一边,向楼上冲去。

楼梯是木质的。每级台阶发出嘎吱声的位置都略有不同,而且嘎吱声都各有特色。七级之后,台阶的颜色从蓝色变成了棕色,佩卡解释说,这是因为那里原本有堵墙,还有扇门。楼梯扶手同样只有一半，通往以前阳台的门仅仅用纤维板封住。二楼楼梯间没有墙纸，四扇门都锁着，门都刷着泛黄的清漆，一副拒人千里之外的模样，仿佛我们不该来到这儿。托底纸上鼓着气泡，一部分墙壁干脆只覆着光秃秃的木板。我说了"托底纸"这个词，但我其实不知道那是什么东西。

"这间以前是萨拉的房间，这间大一些的是我们的。"佩卡说着，依次拉开房门。

女孩的房间里有个玩偶屋，床上盖着小熊维尼的床罩。

"那扇门通向阁楼，这边我们建了洗手间。除了这些，二楼差不多没有动过。"佩卡解释道，然后他在那间大些的卧室门口停下了脚步，"我考虑过，我们可以用楼下的卧室，让萨拉睡大房间。这样她就能有自己的空间了，多少可以不受打扰。"

"这样不错。"我回答。对我来说也不错，因为我觉得二楼并不愿意接纳我。

回楼下后，佩卡打开储物间，从柴房取出一篮木头，在炉子里生起火来。我注视着炉前他坐在小板凳上的身影，心想：这里才是他的归属之地。他从来不是庄园里的爵爷；这里，锯末小屋，才是他熟稔并了解的地方。

人鱼的水花

3

我突然退出产前小组时,佩卡十分惊讶。我无法向他解释,我不需要参加那种活动。宝宝一天天长大,在我腹中动来动去。这样就够了。

"他有鳞吗?"那女孩昨天问。

"当然没有,"我说,"他长着皮肤呢。"

"啊哈。"女孩回答,然后继续做她自己的事。

他有皮肤、有面孔,面孔中间还有个短翘的小鼻子——在 B 超检查时能看见。他有手、有手指、有脊椎。

"可是没有腿。"女孩紧接着说。

"萨拉……"佩卡说。

"克丽丝塔自己说的!"女孩气呼呼地说,"那么他究竟有腿没有?"

佩卡没有反应,只是继续切他的土豆。他陷入沉默中,像潜水员一样,吐着泡泡消失在黑暗里。

"事实上,没错,"我告诉她,"可以说他没有腿。"

"看,我就说嘛,"女孩回嘴道,"你可以说:没有腿。"

佩卡还是不愿意好好谈谈这件事。他很生气,嘴上却不承认。他生气是因为我不相信医生。我是想相信的,但是一回到家，我就会失去对他的信任。我在网上搜索医生的资料：他比我还小三岁。我没去做第二次 B 超检查，一周之内，整件事似乎就这么烟消云散了。我加入了产前小组，和那里的其他妈妈没什么两样。佩卡和我出门买了一张婴儿床。我买了一条衬垫，因为上面装饰着海马和鱼的图案。

我膨大的腹部悬浮在寂静中，更确切地说，我的腹部就是寂静本身。哪怕我将外套裹在肚子上，衣缝被绷得紧紧的，还是没有声音传出来。那就是潜水员下沉的地方，在底部沉淀着呼吸管、氧气和黑暗。

当佩卡把耳朵贴在我水囊般的肚皮上聆听时，一切都安好无恙。宝宝泼溅着水花——我就是这样想象的。佩卡也说过，会永远爱自己的孩子，无论他是什么模样。你不需要上课就能学到这一点。

反正奇迹是会发生的，我是家里第一个相信奇迹的人。

4

那女孩又在嚷嚷了，现在是深夜，房间里伸手不见五指。我听见佩卡披起从椅子上抓来的衣服，向楼上冲去。

隔着天花板，我能听见他们说话。

女孩："不不不……别看！"

佩卡："萨拉，睁开眼睛。"

女孩："我睁着呢！"

佩卡："加油，睁开眼睛。"

女孩："我睁着呢。"

佩卡："你没有。萨拉，把眼睛睁开。"

床铺哐当作响，那是女孩在挥舞她青春期的胳膊和腿。我对佩卡讲过，她需要一张新床，她很快就要比我高了。买一张没有床栏的床，这样我们就不用再听这种哐当哐当的声音了。她尽管滚到地板上好了，我不在乎。

终于动静消失了。我听见佩卡在走动，地板随之发出吱嘎声。那女孩应该睡着了。

十分钟过去了，佩卡还是没回来。没有吱嘎声，没有喊叫，什么都没有。远方某处传来刺耳的卡车刹车声，在夜里听起来像是活物发出的。有时候我搞不清那是狗、是卡车，还是一个不幸的人。呜呜——

房里真冷。

二楼把佩卡吞没了。

呜呜——

我坐在床上，等了一会儿。

终于，我打开床头灯，下了床。我穿上毛衣和拖鞋，走进了门厅。我们在室内也不能只穿袜子，这又是一件怪事。门厅地板上扔满了鞋，我被佩卡的靴子绊了一下。我想打开热泵。热泵和我，我们属于同一个世界，那里有光、热与嗡嗡声。回家时，我总是第一时间按下按钮，热泵就会来迎接我。这就像一个回家按钮：热泵嘟嘟一响，为我张开扇叶，家活跃起来，嗡鸣着开始回暖。

"佩卡！"我向楼上喊道，但没有得到回应。

我踏着半道变色、吱嘎作响的楼梯爬了上去。二楼平台上四扇刷着清漆的门都紧闭着。它们总是闭着的，重力与歪歪斜斜的房子会让它们自行关上。那女孩的房门里透出细细的一道光来。

佩卡在女孩的床沿睡着了。他以一个不舒服的姿势蜷缩着靠在床栏上，头枕着胳膊肘，小腿挂在床沿外。他的皮肤上满是鸡皮疙瘩。他就睡在那里，一个没盖被子的高大男人，睡在一张贴满贴纸的红色儿童床边上。

佩卡的背后睡着那女孩，她发出轻微的呼哧声，像一只小动物。她神情放松，看不出年纪。有时候人睡着后就像婴儿一样，有时候又显得更加年长睿智，不过这女孩似乎将所有的年龄特点融于一身。

她双眼合拢、嘴唇微张，模样其实十分美丽。白天，她又是皱眉又是噘嘴，连长相都难以看清。不知为什么，她总是郁郁寡欢。我明白了，此刻，看着她的睡脸，我明白她只是缺少快乐。

他们究竟是怎么挤在一张床上的？我想，这属于父母子女能做到，外人却很难理解的那种事。哪怕睡姿如此别扭，他们也能在彼此身边得到安宁。仿佛有某种魔力一般，父母的力量可以随着孩子的体重而增长。听说女人就算刚经历剖宫产也能抱起自己的孩子，刀口也能承受这样的动作。有一回在图书馆，我看见一位父亲抱着他残疾的儿子。那孩子已经是上学的年纪，但他根本无法站立，哪怕有人扶着也不行。他们把轮椅留在楼梯下，父亲轻松地抱起儿子，仿佛在抱一个婴儿，仿佛根本没留意到儿子已经长大了。看着那位父亲爬上楼梯，儿子躺在他怀里，我不禁在想这位父亲的力量能否持续到最后。他的力量会像剖宫产后的母亲一样增长吗？以后他能否抱得动成年的儿子？

佩卡和那女孩蜷曲身体的样子一模一样，他们眼睛的线条也一模一样。我从前还没留意到他们是如此相像。

早上，那女孩和我一起坐在桌边，看样子我俩同样疲惫。我们倾听着她碗中的谷物早餐泡开时噼噼啪啪的声响。自从戴上牙箍后,她就没吃过面包。为了争取不戴牙箍的权利,她还和佩卡闹过一场。真奇怪,一个大男人在一个蹙眉的小姑娘和几根金属丝的压力下竟显得如此无助。"我才不戴呢。"那女孩宣布,然后紧紧抿住嘴唇。佩卡满头大汗,苦苦哀求,去网上搜出了一串戴过牙箍的名人名单。令所有人谢天谢地的是,那女孩后来遇到了一个年轻风趣、爱好登山的牙医。她对这位牙医印象极好,于是牙箍不再是问题了。

"我也反复做过同一个噩梦。"我边说边重新倒满咖啡杯。

"哦。你梦见什么了?"

"我参加了一个聚会,并枪杀了那里所有的人。佩卡、你、我的哥哥和妹妹、我妈妈,所有的人。"

那女孩回答:"哦。"

她似乎是第一次认真打量我。

过了一会儿,她问:"你知道在现实里怎么开枪吗?"

"不,我只有在梦里才知道。"

为什么要对她说这些?难道我想和他们躺在一张床上做噩梦,不管他们拥有什么我都要一同分享?难道我也想要一个黑色的垃圾袋,好往里面塞满东西?不需要任何提

人鱼的水花

问,也无须任何解释?

"你知道鸡身上的许愿骨吗?"女孩又问。

"能用小拇指拉断的那种骨头?"

"是呀,"女孩搅动着谷物早餐回答,"我在梦里听到咔嚓一声,但之后骨头变成了钥匙,我又把它丢了。我只好用剪刀剪断自己的小拇指,把它变成钥匙。"

"还好只是个梦。"

"不,这是《格林童话》里讲的。"

"有这样的故事?"

周末我给那女孩换床单时,在她枕头下发现了一把金色大剪刀。也许是她妈妈的遗物——跟布店里用来剪天鹅绒的剪刀很相似。我不想过问这事,只是把剪刀收进了书桌抽屉。

5

寒气偷偷漫上地板,冻得我脚踝发疼。不知为什么,在这座房子里,室外和室内的界线不像在公寓里那样明显。阳光雨露能进来,泥巴能进来,风能进来,爬虫和蝙蝠能进来。我们也没有门铃,或者说门铃是有的,但没什么作用。在这里,人们直接就走进门厅了。佩卡倒是把室内的门看得很紧，进进出出都得随手把门关上，不然他就会紧张。有一天他解释说，房子中央的砖炉就像一颗温暖的心，需要被周围的几个炉膛一同加热。我想，倒不如说这房子的中心就是冷冰冰的门厅吧。我们在房子边缘的房间供暖，用室内的房门将寒冷隔绝在外，门厅里却吹着刺骨的穿堂风。

昨天我独自在家，屋里实在太冷，我决定在炉子里生一把火。佩卡曾把火炉管道上的各处气闸和炉门指给我看，但我记不清那些气闸各自有什么作用，保险起见，我把所有气闸都打开了。我生起火，想着如果回家时看见烟囱冒着烟，那感觉该是多么温暖舒适。

烟倒是冒了出来，但没从烟囱出去，先是从排烟口挡板处蜿蜒而出，接着整个火炉都开始冒烟。突然之间，厨房里灌满了烟。我将炉门开了又关，添了些燃料，把气闸开得更大，但——毫无效果。究竟要怎么灭火？朝炉里浇水吗？我抽出烧焦的木柴，一大堆灰烬随之倾泻而出。烟从炉门往室内涌，从炉子的所有接合处不依不饶地挤出来。火炉上的接合处可真不少。

烟囱一定是堵上了。是什么掉在了里面？如果烟囱着火了怎么办？海鸥死在里面了怎么办？我在烟雾中跑来跑去，眼睛刺得生疼。我的头发和其他一切东西都散发着呛人的烟味。我的脑袋撞在了砖砌的炉顶上,但打电话给佩卡实在太丢人了。

佩卡终于回家时,我已经尽力将烟散出去了一部分。我打开了所有的门,室温下降到了十六摄氏度。我躺在房间里,那里有台电取暖器。

那天晚上,佩卡给我看柴炉侧面的一个圆形小门。打开以后,能看见烟道里有一个空金枪鱼罐头。往里面倒一点打火机油,让它在烟道里烧一刻钟,这样烟囱就能暖和起来,可以往外排烟了。

今天洗衣服时,我发现洗衣篮里有三条沾血的内裤。它们被揉成小小的一团,塞在洗衣篮最底下。

我走进卧室,佩卡和那女孩正在刷牙。不知他们为何总是同时刷牙,但这毕竟是他们养成的习惯。两人都不锁洗手间门——他们会径直走进去,哪怕里面可能有人。有时候我正在上厕所,那女孩就会跑进来刷牙。有时我们三人同时进行晨间洗漱。"这里地方不够。"女孩说。我有点想回答:"这里本来就装不下一大群人。"有时我会锁门,但这似乎令他们大感不解。他们会使劲转动门把手,问你是不是在解大便!他们好像无法理解我只是想安安静静地洗一把脸。

"你来例假了?"我问。

"大概吧。"女孩嘴里含着牙刷说。

佩卡先看看女孩,又看看我,最后看向我手里揉成团的内裤,表情十分惊讶。

女孩吐出牙膏泡沫,开始漱口。

"你女儿来例假了。"我对佩卡说。突然之间,我有了想哭的冲动。这冲动不知从何而来,我只得紧紧攥住内裤。

佩卡站在那里,毛巾贴着脸,轮流瞥着我们两个。他显然不知如何是好。

"你怎么什么都不说?"他问女孩。

"我不知道。"她回答。

"你当然应该告诉我们。"我说。

我心里很难过。她是不敢告诉我们吗?是不喜欢住在这里吗?她想妈妈吗?我怎样才能让她变得有活力一点?

"你什么事都可以对我们讲。"我说,那种想哭的冲动又来了。我有什么资格告诉别人该说什么、不该说什么?我很羞愧。我甚至不敢看佩卡。拜托,随便谁来对我说出那句话吧:来,都告诉我,你什么事都可以对我说。

"穿好衣服,我们去买东西。"我对女孩说,然后我把要洗的衣物递给佩卡。

人鱼的水花

"把它们泡起来,好吗?你还记得汉内莱用什么样的毛巾吗?"

"为什么问这个?"

"我不知道,只是觉得……我不想打破……"

"你是说毛巾……有没有家里惯用的样式之类的?"

"不,不是的。"我回答。

佩卡看了看毛巾架,然后摇摇头:"都扔进垃圾场了。可能是一套紫色的?"

女孩和我做好了出门准备。她同意和我一起去,甚至让我轻轻拥抱了一下。她帮我系上鞋带,因为我自己已经够不着了。

佩卡留在洗手间洗衣服,我注视着他站在盥洗盆前的背影。

6

"再见了,我的双脚!哦,我可怜的小脚呀,不知现在是谁来为你们穿鞋着袜呢,亲爱的?我肯定是不能了!我离你们太远了,顾不上你们,你们只好尽力照顾自己了。"

几天来，我一直在回忆《爱丽丝漫游奇境记》，那是我小时候家里书架上的一本书。故事里，爱丽丝走进白兔的房子去拿它的扇子和白手套，但一进屋，她便冒冒失失地喝下了桌上小瓶子里的东西。然后她便长大了，大到最后出不了房子。兔子在外面大发雷霆，威胁说要把房子烧掉。

书中黑白插图里的爱丽丝很丑，顶着一个大脑袋。她穿着儿童的衣服，面孔看起来却像成人。她一开口说话，我就想捂住耳朵或者闭上眼睛，因为她会随意从一个话题切换到另一个话题，把大家都弄得很恼火。插图里的某些东西令我害怕，让我觉得恶心，但我还是一直盯着它们看。

有一幅插图在我脑海中挥之不去：爱丽丝伸长了脖子，就像一只火鸡。她像是一只黏土做成的生物，被人扯住脑袋和脚踝，拉得老长。然而，她的身体不是黏土，而是血肉之躯。她成了一个庞然大物，脸上带着惊恐的表情。她的头发竖起，衬衣领口被撑得紧紧的。为何某人的身体与你不一样时，你会感到恶心？我自己的脖子阵阵刺痛，胆汁升到了喉咙口。当爱丽丝脊椎拉紧、皮肤紧绷时，我自己的脊椎也有了拉紧的感觉。

"蠢丫头！立即滚出来，不然我就烧掉房子！"兔子在房外嚷道。此刻爱丽丝已经膨胀到能撑满客厅了。一截巨大的小孩胳膊从楼下的窗户里伸了出来,另一扇窗户里则伸出一条腿,腿上裹着及膝的袜子。兔子往屋里扔着引火物。

真是一只凶恶又愚蠢的动物。人们就不能自己选择想要的身材与模样吗?我想到了检查 B 超图像的医生。他有什么权力站在那里扔引火物,仿佛有权轻易结束一个宝宝的生命?对于没有"正确"的身材与外貌这件事,我又能做些什么呢?

所有人都一直用凶恶的态度对待爱丽丝。长得快、被困在屋里都不是她的错,她进去只是想帮忙而已。

也许到头来我们都会因为长得过大而被卡在什么地方动弹不得,而且并不是所有人的口袋里都有神奇的糕饼,能让我们缩回医生觉得合适的尺寸。

7

"看我带什么来啦!"佩卡说着,连外套都顾不上脱。他将一个个包裹堆放在餐桌上,包裹大小不一,外面的纸都渗着血。空气里气味浓烈。

那女孩和我都凑近了些。

"再新鲜不过了,我告诉你们。店里可买不到,来源正当、有机、本地生产,而且味道好极了。"佩卡兴致勃勃地拆起包裹来。

羊肉暗红厚实,一股羊膻味儿直冲鼻孔。骨头从这里那里支棱出来:羊肩、羊膝、羊排。

"安努打算春天在苏格兰过,别问我为什么。她把羊都宰了。她的一个朋友正开着车全省到处跑,把肉分送给她的熟人呢。"

"我以为我们能把羊养在这里,养在我们的花园里。"女孩在门口说,她看过包裹后就退回了门口。

"什么意思,养在这儿?我们连像样的栅栏都没有。"佩卡回答。他没注意到女孩的神情。

"这里有什么肉?"我问。

"一整只羊呢。"佩卡回答。

"哪一只?"女孩问,但佩卡没有回答。

他已经打开了所有包裹,桌上堆满了肉。他将肉块按顺序放好:脖颈、肋骨、肩膀、烧烤用的肉、上腰、里脊、小腿。他把一团绞肉放在正中,仿佛是代替肚子。都在这儿了:一只被剁成碎块的羊。

"我们本来应该养布鲁诺的!"女孩喊道。她泪流满面,咚咚咚地跑上楼去。

"呃，其实我们没有……"佩卡开口说话，又停住了，因为女孩已经跑远了，"哦，天哪。"

佩卡取来了切肉刀和砧板。他在餐桌和壁橱间来回踱步，仿佛被生肉的气味刺激得十分兴奋。

"我们得把肉剁小些，才能放进冰箱里。"他大声说着，递给我一把厨房剪，"你来把筋膜去掉，这块看起来处理得不是很好。"

然后他把一块肉向我推来，肉的褶子里还渗着血。筋膜闪着光，映出彩虹般的色泽。

我剪筋膜时，佩卡的刀也剁进了骨头。厨房里满是带着血腥气的肉味。

我尽力不去想肌肉和所有这些碎块在皮下组合的顺序。我剪进红色的肉块，尽力不去想那个溅着水花的小东西，他缺了一侧的肾和直肠，天知道还缺什么。我尽力不去想他是怎么被组合起来的：怎样的肉块、怎样的次序。我想着迷迭香、大蒜、盐和土豆。我想着鸡，它白白的、滑滑的，而且没有气味。

我小的时候，最喜欢吃鸡身上的"脸蛋"。鸡屁股下面的两块嫩肉就是我口中的"脸蛋"。爸爸把它们撕下来给我，它们像眼球一般从骨窝里凸出，又嫩又鲜，因为一直在肉汁里炖着。我不知道"脸蛋"是鸡身上的哪个部位，它们当然不是真正的脸蛋，因为整个鸡头都被去掉了。我猜它们是鸡背上的肉，靠近尾部或者脖颈，不知具体是哪里。也许是用来飞行的肌肉吧。

一切都混沌不清、颠三倒四。我撞在门框上，把引火物扔进错误的房间，甚至连自己的鞋带也看不见了。我在网上查找胚胎的图片，最难看的胚胎长得和鸡很像。不管你怎么打量它们，从上面或者从下面，它们都没有任何可辨别的特征。

晚上那女孩没有下楼吃饭，她躲在房间里生闷气，佩卡在门外和她说话时，她拒绝回答。

8

女孩去上学了，佩卡则去上班。我看起了美国救援人员被处决的视频。新闻里只播放了开始时的图像，说剩下的视频被剪掉了，但我只是想看看处决现场是什么样子。

当然，在发现视频时长三分十六秒时我就该意识到，处决不是一瞬间的事。他们说是"斩首"，因此我想到的是电影里斧头一挥人头落地的画面。我点击、点击，根本停不下来。视频中的字幕有阿拉伯文,也有西班牙文,因为有些素材来自墨西哥贩毒集团。视频里有刀、剑和链锯,有橘色外套和被拎着头发摇晃的人头,有拖家带口的男人和黑旗,有白骨、肌腱和短袖衬衫。上帝保佑我们,视频里竟然还放着音乐。

还好是佩卡先到家。

宝宝四处泼溅水花,用力踢蹬着,也许这些视频也吓着他了。

佩卡:"出什么事啦?"

我:"一个男人的脑袋被砍下来了。"

佩卡:"在哪儿?用什么砍的?"

我:"电脑上,用刀。"

佩卡:"这是怎么回事,克丽丝塔……?"

我:"而且他们没给他个痛快。他旁边还跪着一个人,等着轮到自己。"

佩卡:"你为什么要看这种东西?"

我:"三分十六秒。"

佩卡:"好啦,亲爱的……"

我不得不去洗手间呕吐了一会儿。回到厨房时,佩卡已经把电脑关了。他从房间的另一头看着我,看向我的眼睛。他捧住我的脸,就这么看着。我拼命想控制住游移的目光,但我的脑袋摇来晃去,似乎无法保持静止。停下,我告诉自己的脑袋。不要消失,不要滚下来,脑袋。

"真是太可怕了……"我开口说。

"嘘。"佩卡说。

"为什么我要看那种东西?"

"嘘。"

上床后,我在佩卡的怀里躺了一会儿。我们每晚都会这样。佩卡摆弄着我的头发,我的头枕在他的胸口。

"有一次,一位警察到庄园拜访我们,"佩卡轻声说,"他是穿便装来的,不过自我介绍时给我看了他的证件。汉内莱死时,他是来现场的人之一。他向我道歉,说如果我不愿意,他会立刻离开。他想看看汉内莱的照片。"

佩卡叹了口气。

"他当时正饱受噩梦的困扰,觉得如果能看到汉内莱生前的模样,可能会感觉好些。我和警察,我俩坐在沙发上,开始看那些照片。我给他看了相簿,里面有我们在拉普兰德度夏的照片,还有些是在家拍的,翻修之类的场景。那位警察也住在类似的房子里,所以我们聊了很久,聊顶楼隔音,以及怎样把二楼分隔出三个房间最合适。对此他想了个有趣的点子,还在笔记本上画给我看。最后他道了谢,起身离开了,然后再也没出现过,或许那些照片真的有用吧。"

佩卡凝望着天花板,脸上呈现出一种聚精会神的表情,仿佛正在把一大块胶布从长满毛发的部位撕扯下来。

那天夜里,我被遥远的呼喊声惊醒。这一次,喊声不是来自楼上,而是出自我自己的脑袋。那个声音喊着:"砍掉她的头!砍掉她的头!我要砍掉你们每个人的脑袋!"

接着有人挥起了一只用胶布封住嘴巴的火烈鸟,把火烈鸟的脑袋击在一个槌球上。

"身体都不见了,你要怎么砍头呢?"柴郡猫问,它的脑袋飘到了槌球场上。

"当然能砍!还有脖子!既然有脖子,就能砍掉!"红心皇后喊道,"处决那只猫!如果不立即执行我的命令,我就砍掉在场所有人的脑袋!"

一只火烈鸟被塞进我的怀里。我想抓住它的身体,但它的腿伸得太长,碍手碍脚。它羽毛乱飞,脖子软软地垂着。我不想击球。那只鸟的嘴被封着,无法鸣叫,头朝下瞪着我看。

"是你来击球呢,还是我来?"红心皇后叫道。没等我回答,她就击球了。

佩卡睡着了。

我希望自己能去某地,摁响某人的门铃,问他们要照片看。

9

产检之后,我散了会儿步。医疗中心旁的森林里有条步道。这个时候,我尽可以晃晃悠悠地踱步而不受打扰——步道上没有慢跑者、狗或者马厩里的小矮马。

我参加过三次产前小组的活动。我们聊各自的预产期,比较婴儿用品,讨论母乳喂养。所有的女人都很和气,我们的肚子也是差不多大小。

我不知道自己为什么要告诉她们,那时候我甚至都无法鼓起勇气告诉佩卡,虽然我知道自己应该告诉他。然而当所有人都在分享怀孕与当妈妈的感受时,这事似乎突然就容易说出口了,仿佛我内心一直在等待着将此事说出口的时机,然后时机就来临了。

于是在第三次活动时,我说我们宝宝的双腿像鱼尾一般粘连在一起,不知能存活多久。我列出了他缺失的身体部位与器官。

其他妈妈问我怎么敢生下这样一个孩子，问我们当初有没有做过颈后透明带扫描。她们说我真坚强，如果设身处地，她们可能无法做得和我一样，但我意识到她们是在可怜我。突然之间，其他妈妈不愿再听我分享想选什么样的婴儿背带，也不想听我对亲子同床睡的看法了。突然之间，她们开始极力表明她们的情况、她们的宝宝和我的完全不同。她们的宝宝是正常的，我的宝宝不是。一个女人哭了起来，她觉得孩子夭折太可怕了。真的，这种事你连提都不能提，太不吉利了。

"我的宝宝没有死，"我本想这样说，"他现在还没出生，再说也有这样的孩子幸存下来。"我没说幸存的比例是多少，她们也没问。没人想看 B 超图片，欣赏那个长着短翘鼻子的小可爱。当大家开始挑选搭档做颈部按摩时，那个说不能提孩子夭折的女人突然转过身去，仿佛死亡可能会从我的脖子传到她的手上。

深秋是如此安静，鸟、苍蝇和树叶都不见了，万籁俱寂。我看见远处有一个破土而出的鸡油菌，但我没去碰它——我可不想费事把它塞进手提包里。

这里一个人都没有吗？

当戏剧的情节进入僵局、角色无法自行摆脱困境时，古希腊人会在舞台上进行"机械降神"：身穿白衣的神坐在小小的吊篮里，系着绳子吱吱嘎嘎地降到舞台中间。在那里，他们会宣布判决。人们认为这样的结尾在创作技巧上不如那些角色自行解决问题的戏剧，但这总比什么都没有强。

我走了一公里。接着，毫无预兆地，我感觉到了胎动。浪头涌起，在寂静的森林中间，有种感觉骤然侵入我的脑海，仿佛一切都在分崩离析。我无法保持身体的完整了，我将缓缓渗入这丛灌木中，只留下一摊水渍。此时我发出了声音，我在森林里喘着气。是怎样的声音呢？我觉得很难描述。我怎么会一个人来到这里？帮帮我，快帮帮我。我站在那里——不，这里，站在铺着锯末的小径中间，甚至连能扶一扶的松树干都没有。我站在这里——是这里，我完完整整地站在这里，不知此刻会发生什么。我完完整整地站在这里，因为此处或许已没有其他东西。

一切都分崩离析。

我体内装了那么多水，一整片海洋。海边尖锐的石块硌得我肋下生疼。有时一整面悬崖崩塌入海，人们便带着桶拥上来挖掘化石。

人鱼的水花

我完完整整地站在这里,其他一切都消失了。

为什么一个宝宝会需要这么多水?咸咸的水从我的肌肤中渗出,一波波地涌到了肺部。一头海洋生物在体内踢踹着我。胎动的声音好响。快降神啊!我想继续走动,但水从腹部漫了上来。我在公共健身器材边停下脚步,大口大口地吸入氧气。也许我的子宫撕裂了,水浸透了我的整个身体。我用手捂住嘴,防止海洋涌出来。

宝宝必须有水。

水是好的。

幸运的是,我没感觉到任何痛楚。

这一定是好事:没有痛楚。

站在这里的人是我吗?在这里,在健身器材旁,传入耳中的喘息声是我发出的吗?神啊,请赶快救救那个女人吧,对她发发慈悲吧。为什么我是独自一人?至少也该有个跑步的人经过啊!过来抱住我吧,在这鸡油菌旁。

潮水退去了。不,宝宝不会有事,就是这样。潮水退去了,我的皮肤抵住了它的冲击。宝宝不会有事。

我的命运不该如此。走吧,我继续散步。

这便是结局了

AND
THAT
WAS
THE
END
OF
THAT

1

很久很久以前,有一个爸爸在拉普兰德徒步旅行。即使旅途很危险,可能会在森林里摔断腿并陷入麻烦,但他还是独自上路。

第三天,爸爸在森林里听到了丁零丁零的声音。他不知道这是白天还是夜晚,因为他把手表留在了镇上,而这里不分昼夜都有阳光照耀。但他听到了那个声音,然后在树丛中发现了妈妈。她的背包上系了个铃铛,是用来驱熊的。妈妈也是独自一人来的拉普兰德。她浑身湿透,为了尽早到达商店,她刚蹚过一条宽阔的河流。那家商店卖巧克力,蹚过河则能省去两天路程。爸爸发现湿透的妈妈非常迷人，于是和她分享了剩下的巧克力。他还有五块，妈妈收下了其中三块（画重点）。

爸爸妈妈坠入了爱河，他们一起走下了小山。

妈妈和她的三位阿姨住在大森林边缘的小村庄里。她称三位阿姨为"棕色阿姨"、"棉花糖阿姨"和"硬汉阿姨"。

小村庄里只有五座房子，而森林则大得无边无际，你可以穿过它走到苏联或者拉普兰德去。

妈妈回家后，棕色阿姨、棉花糖阿姨和硬汉阿姨非常生气，因为妈妈是一个人偷偷跑到拉普兰德的，就算带了驱熊铃也改变不了她做了件傻事的事实。见到妈妈从拉普兰德带回了留着胡子的爸爸，三位阿姨再次怒不可遏。没人清楚为什么受过教育、拥有学位的妈妈会和三位阿姨一起住在这么个荒凉偏僻的地方。妈妈还是把爸爸带进了三位阿姨的家，阿姨们不满地抽着鼻子。出乎大家意料的是，阿姨们后来喜欢上了爸爸，还给他吃了蛋糕和炖菜。第二年夏天，爸爸修好了桑拿房的屋顶，阿姨们便彻底原谅了他。然后爸爸妈妈就结婚了，生下了萌宝宝并搬到了锯末小屋。这便是结局了。

对于在拉普兰德相遇的那个夏天，爸爸妈妈各有各的说法。两个版本我都喜欢,但可能喜欢爸爸的版本多一些,因为像驱熊铃一样叮当作响的妈妈听起来像是从童话里走出来的人物。我也喜欢看爸爸模仿阿姨们不满的样子,但后来她们做了炖菜给他吃,还叫他"我们家佩卡"。

妈妈的版本重点讲了三位阿姨。我很畏惧她们,因为她们听起来是那么严厉,而且周围的森林实在太大了。

妈妈更擅长讲述萌宝宝的部分。爸爸实在太容易沉溺在医生割开妈妈的肚子、而他在一边差点晕倒的回忆中了,妈妈的重点却只在我一个人身上。那时我苍白又美丽,有着大大的圆眼睛和橘色的小翘鼻子。一个他们在咖啡厅里碰见的女人问这个宝宝有没有装电池——她就像玩偶娃娃一样甜美!

三位阿姨是真实存在的,但当我还是萌宝宝的时候,她们中的两位就去世了。棉花糖阿姨还健在,住在一家看护中心。有时我会跟妈妈一起去看望她。棉花糖阿姨躺在床上,妈妈对她讲花园和菜地的事,还向她请教如何照料某些植物,不过妈妈从未按照阿姨说的去做。

最后,棉花糖阿姨反而比妈妈活得更长。她坐着轮椅被推到了葬礼上。她坐在那儿,神色茫然,仿佛不明白发生了什么事。她的皮肤看起来薄如绵纸。花环在她手中颤抖着，最后有人从她膝上拿起花环，放到了妈妈的棺木上。这时棉花糖阿姨才变得激动不安，但她的轮椅已经被推走了。

那不是我最后一次见到棉花糖阿姨，后来我又和爸爸一起去看望她。那时我们还住在庄园里，但因为爸爸不想谈到妈妈，也聊不来菜地的事，我们就没再去过。

妈妈去世后，爸爸的故事变成了破碎的冰块。有一次他想试着讲讲，但一讲到妈妈过河那段，他就停住了。

妈妈的人生被打断了，我们无法讲述她故事的结局。妈妈是童话里的人物，她浮出河面，在黑暗阴郁的森林中漫游，走到苏联与拉普兰德又平安归来。像她那样的人，不会死得毫无意义、死得荒唐。她不会丢下萌宝宝，她曾在火炉边烘烤宝宝的衣服。至少，她离开时不会不留信息。长久以来，我一直等着那条信息。我读着书，想着有一天某本书里会掉出一封信，那么一切就都解决了。或者妈妈会在某些句子下面画线，我只要找到那本书就行。我思考着时间，想着如果能找到那些画线的字句，妈妈便会重现在此时此地，哪怕只有一次也好。

棉花糖阿姨还住在看护中心，萌宝宝被封在墙板下，我们则搬到了超大庄园。

这是个糟糕的结局，但我们尽力了。

2

也许世界末日也不错。很明显，那时一切将瞬间终结。恐龙灭绝是因为陨石撞击地球，一切都被灰尘遮掩，不见天日，我喜欢那幅图景。厚厚的灰尘毯子像安努姑姑的羊毛一样轻柔地覆盖在地球上，所有生命都难逃一死。未来某个时刻，土壤被掘开，人们会发现泥土下那层厚厚的灰毯。它均匀地分布在各地，覆盖了每个国家。灰毯之下，是沉睡的恐龙、各种动物、树木和地球上所有的草地。

如果世界末日无法到来，人类还有另一个选择：天堂。安努姑姑说过，她听说如果在某一瞬间，世上所有人都能保持无罪的状态，天堂就会降临。一瞬间就够了，但这一瞬间必须包括所有的人。在这短暂的一瞬中，全世界共同进入无罪之境，天堂就会"砰"的一声冒出来。号角吹响，天使呼啦啦地飞翔，世界迎来终结。

我不知该对天堂作何看法。我不相信天使。

在庄园里，我曾躺在金属床上，想象开启天堂的各种方法。如果能设法让所有人同时睡着，或许会取得成功，因为哪怕在做噩梦，人睡着时也是无法犯罪的。

又或许可以在电视新闻或者报纸上宣布：明天八点整，所有人必须绝对静止一分钟，不许做或者想任何坏事。我琢磨着怎样才能把这条信息传达给所有人，连不看电视不读报的人也能知道。如果早些传出话去，能否保证所有人一个不漏地听到它？丛林居民、监狱里的罪犯或者说生僻语言的人们怎么办？如果有人并不想在那一刻保持无罪怎么办？能强迫他们吗？我在脑子里转着这些念头，直到灰色脑细胞都打了结，我便睡着了。

没有结局，就没有故事。耶稣在安排复活节时就清楚这一点。正因如此，你才不能逃避世界末日。也正因如此，教堂牧师们才让年幼的我如此心烦意乱：他们太清楚如何毁掉一个好故事了。

也许不是人人都想要天堂。也许大多数人并不想要任何形式的结局，因为他们怕死。所以天堂不会降临，事情该怎么发生就怎么发生。

话说回来，也许正因如此——因为万事如常发生，世界才得以存续。万事万物自然交错着，在错误的时间、不同的时机、错误的地点。如果万物听从天使的号令，井然有序，如果天使说"别看"大家就乖乖服从，我们一声号角就上天堂了。但世界依然存在，万事运转如常，因为总有人破坏规则。有人忘记看新闻，有人引发毫无必要的争吵，有人仅仅是不想变好，还有人正巧站在花园边上，被从天而降的冰块砸中，所以我们永远到不了天堂。

3

克丽丝塔在沙发上睡着了。她裤子的纽扣是解开的，衬衫向上卷着，露出中间光溜溜的大肚皮。透过皮肤能看见血管，就像墙壁中的电线。她的肚脐是凸出的，也许它是个按钮，按一下就能照亮水族箱。她的皮肤那么薄，又绷得那么紧，如果她肚皮里有盏灯，你肯定能看见她肚子里面的状况。血管密布的液体中模糊地漂浮着一些黑乎乎的轮廓：肝、脾、克丽丝塔的肠胃以及一个胎儿。

克丽丝塔睡着了，她的肚子可没睡。据医生说，胎儿还活着真是个奇迹。我则认为这巨大的白肚皮里的东西能从左边滚到右边，再从右边滚到左边，本身就已经很神奇了。克丽丝塔的肚子里有一条人鱼，我听爸爸这样说过。

克丽丝塔肚里有个半人半鱼的生物,但他没有鳞片,也没有腿。我们禁止谈论这个话题。

有时候克丽丝塔会坐在瑜伽球上摇来摇去,唉声叹气,搞出一些令我尴尬的声音或者动作。她在客厅中央四肢着地,装满液体的肚皮像个袋子一样垂挂在腿和胳膊中间。她在肚皮上抹润肤乳,不时揪掉肚脐上方突然长出来的毛。有时候她够不着,爸爸就得用镊子帮她夹掉。她做呼吸训练,所有隆起的身体部位都鼓胀起来,偶尔还会放一个屁。

一天,一个朋友来看克丽丝塔,她们坐在客厅的扶手椅上,边喝茶边聊天。她朋友也怀孕了。她们聊起乳房的话题,然后克丽丝塔突然说:"给你看看吧?"她解开衬衫,捧出乳房,挤了挤乳头,说:"不可思议,对吧?"两人都大笑起来,因为克丽丝塔的乳头里挤出了一滴黏稠的奶液,虽然宝宝还没出生。

我的乳房还很小。我在乳头上贴了运动胶布,防止乳头在短袖衬衫下面凸出来。不过总贴运动胶布的话会得皮疹。

朋友离开后,克丽丝塔让我和她一起切做沙拉的食材。她总是要我和她一起做饭,但她的规矩很多。

希望她别解开衬衣给我看。保险起见，我决定给她讲个故事。

"从前，有一只绵羊在庄园里生小羊。"我开了头。我没有立即透露接下来会是什么样的故事。

"是吗？"克丽丝塔边问边咔嚓咔嚓地切黄瓜片。她斜握着黄瓜，切得很厚。她认为这样切出来的效果最好。

"一天晚上，绵羊屁股里伸出了一条腿和半个脑袋。"

克丽丝塔笑了。

"安努姑姑想帮忙，于是稍微拉了羊羔一把，但羊羔卡住了。它曲着腿，膝部是弯的，没有足够的空间出来。"

"你们找兽医了吗？"

"没有，安努叫来了爸爸，然后他俩试着一起拉。安努像这样托着羊羔，爸爸把羊羔往外扯，每扯一下，羊就这样叫：咩！咩！"

"你爸还让你看了？"

"有点像是那种拉线玩具。咩！咩！"

"太糟糕了。"

克丽丝塔把斜切的厚黄瓜片倒进碗里，拿起一个牛油果，将它一切两半，掰了开来。她用刀子使劲捣着果核，又把牛油果翻了过来。

"他们扯了很久，天都黑透了。我举着火把，给绵羊的屁股照亮。最后,安努给人打电话,这个人说应该把羊羔推回去,再转一转,摆到合适的位置。你猜怎样,安努把手伸进绵羊身体里这么长一截!"

我伸出胳膊,指着自己的肘部。

"然后安努姑姑喊着:'啊呀啊呀!'爸爸和我吓坏了,不知发生了什么事。"

克丽丝塔盯着我和我的胳膊。

"你不是在骗我吧?"她神情犹豫地问。

"没有。绵羊的屁股收紧了,安努的胳膊卡在了里面。"

"是宫缩吗?"

"是的,他们说很疼的。然后,收缩停止了,安努就把胳膊抽了出来。羊羔的腿被摆到了恰当的地方,羊羔就出生了。黏黏糊糊的。"

"哇,"克丽丝塔边说边去洗手,"佩卡从来没提过这件事。"

"如果你的宝宝卡住了,也许他们也会这样折腾你。"

"不大可能。"

"第二天早上,羊羔死了。姑姑把它放到温暖的地方,按正确的做法让它打喷嚏,可它还是死了。"

"听着萨拉,我要去休息一会儿。"说着克丽丝塔就离开了厨房。

我甚至来不及告诉她，故事还没有讲完。

羊羔出生后，爸爸和安努姑姑去喝白兰地。爸爸让我去取他留在草地上的外套，我带着火把去了。

用火把照树枝时，树枝看起来总是怪怪的，仿佛在照X光。黑色变成了白色，还能照出一些古古怪怪的东西。我自己的浅蓝色外套被照得发亮，但愿不会有蝙蝠撞在我身上。

绵羊在草地上睡着，在黑暗的花园中央犹如浅淡的斑点。它们表现得仿佛无事发生。羊羔和羊妈妈被抱到温暖的谷仓去了。

就在我看见羊圈里爸爸的外套时，羊圈边缘有什么东西仿佛火光般闪烁了一下。

一只狐狸站在那里，光照之下，它的眼睛像一对圆灯泡一样闪闪发亮。我站住了。狐狸的姿态稍稍紧张了一些，但没有停止进食。它的嘴是湿的，它在吃什么？

我走近几步，捡起爸爸的外套。狐狸的爪子之间有一摊亮晶晶、血肉模糊的东西。我想起那是羊羔出生时带出的胎盘。

我再次站起身时，狐狸发出了清晰的吞咽声。然后它衔起剩下的胎盘，鬼鬼祟祟地溜进了黑暗之中。

4

我曾经看过一个节目，里面有个印度女孩，从未见过异性的裸体，连裸着上半身的异性都没见过。当女孩的乳房开始发育时，她想象着男人的胸部有两个空洞，可以把女性的乳房放进去，男女就是这样结合的。这个想法一直持续到她的新婚之日。

我喜欢这个印度女孩，以及她的无知。我想象着乳房陷入男性的空洞里，两颗心彼此紧贴着跳动，暖意便传递到身体的每一个角落。

5

五斗橱方向传来的响动令我醒了过来。

嘎吱嘎吱，喊嚓喊嚓，偶尔还夹杂着金属的咔嗒声。我看不见五斗橱，房间里一片黑暗。我怕得不敢开灯，只好一动不动地躺在毯子下面听着外面的动静。

那是剪刀的声音。有人在我房间的黑暗角落里用剪刀，剪得很慢，似乎剪刀太钝了，或者布料太厚。我什么都看不见,却能清晰地听见剪刀声。先是咔嗒一声,然后就是喊嚓、喊嚓、喊嚓。剪刀艰难地剪着,黑暗依然笼罩。

突然,我看见一条灰线。它出现在角落的黑暗中,从上往下延伸。随着剪刀的裁剪,灰线越来越长,有人正从黑暗中剪出一个洞来。黑暗是墨色的,但现在透出了灰色。灰线出现了弧度,最终有了一个形状。它不是一扇门,而是一个高挑苗条的身影,正在把自己剪出来。它是一个洞。那个洞从黑暗中分离出来,并且有了动作。

恐惧充塞了我的胸膛,我大口喘着气,四周一丁点声音也听不见。血管在我耳中搏动,我只能听见自己血液的轰鸣声。

书里的幽灵是白色的,这个幽灵却是黑色的,纯粹是从黑暗中剪出的一片。当它走动时,身后的黑暗随之合拢。

它手里拿着一把剪刀,模样很像妈妈。一认出妈妈,我便放弃了喊叫的念头。这是妈妈。这么多年过去,妈妈终于以幽灵的形态回来了。

幽灵有着妈妈的头发和妈妈高挑的身材。它的头好好地长在身上。它手指瘦削,惯于拿烟的那只手以熟悉的姿态抬起,但此刻它手中拿的不是烟,而是一把剪刀。它的膝盖发出熟悉的咔嗒声。这是妈妈被带走后,在我卧室中留下的一个空洞。

幽灵来到床尾,我的脚趾感觉到一阵寒意,似乎黑暗正吮吸着我的脚趾,似乎我的脚趾很快就会脱落下来。也许脚趾真的会掉下来,因为幽灵正举着它的剪刀。那是放在楼下用来剪指甲的小剪刀,我经常拿它剪脚指甲,现在它却变得和厨房剪一样大。我蹬着毯子,大叫起来。突然之间,我的胸腔打开了,像瓶口弹出了瓶塞,我的声音也回来了。黑暗中迸出了火花,我裹着毯子,又是尖叫又是踢蹬。

"萨拉,萨拉,萨拉。"爸爸大步迈上楼梯,一遍遍喊着我的名字。

"别踢了,睁开眼睛。"

"我睁着呢!"我紧闭着眼睛喊。

"你一定是做噩梦了。"爸爸安慰道,轻抚着盖在我头上的毯子。

我不敢睁开双眼。

"你梦见什么了?"爸爸问。

我用力摇摇头。爸爸在我床边坐下,不再追问。后来,我终于从毯子下爬了出来,头发和脖子都汗湿了。

"你这是生长痛。"爸爸喃喃地说,把汗湿的头发从我脸上拨开。最近,"生长痛"就是爸爸解释一切的答案。爸爸无法相信我已经能穿妈妈的一些旧衣服了,他认为长得这么快,一定会痛的。

爸爸走后,我静静地躺在床上,思索着。萌宝宝躺在那里,想着为什么妈妈——戴着叮叮当当的驱熊铃、蹚着河水、喜欢巧克力的妈妈会变成幽灵。妈妈,像羊毛衫一样温柔的妈妈,爬上苹果树的妈妈,在火炉前烘烤衣物的妈妈。

如果爸爸能回来再讲一遍拉普兰德的故事,该有多好。如果他能聊聊通过剖宫产出生、差点让他昏倒的萌宝宝,那该多好。如果平常的妈妈能回来,给自己想出一个更好的结局,那该多好。如果她能好好讲故事,别插进那么多自己编的情节,那该多好。没有结局就没有故事,但我不想要这样的结局。

6

住在超大庄园时,我是学校里唯一家中有绵羊和枝形吊灯的女孩。我还有一间密室,不过连学校里的朋友都不知道。我是庄园女孩，也是曾经的萌宝宝。庄园女孩过十岁生日时，她假模假样地和朋友们开了一场舞会。安努姑姑点亮枝形吊灯上的蜡烛，在高脚酒杯里给所有人倒满果汁。庄园女孩和她的朋友们在二楼跑来跑去，爬进塔楼的房间，还去摸了绵羊。她的朋友说："你的生活多怪呀——你妈妈死了，你拥有十五间卧室。"但她们不敢独自上厕所。庄园的厕所位于一条长走廊的尽头，安努姑姑把走廊漆成暗红色，还挂了配相框的黑白相片。有个相框里只有玻璃，透过玻璃可以看见姑姑在墙上发现的十二层墙纸。

庄园女孩带着朋友们去上厕所。她们问她这里空房间这么多，她怕不怕，但庄园女孩告诉她们，安努姑姑买下房子之前，有位猎鬼师曾来检查过。他说房子的风水很好，听到这句话姑姑才掏了钱。

其中一个女孩关掉了厕所走廊的灯，庄园女孩和她的朋友们在黑暗中排队，紧紧地挤在一起。爸爸或安努姑姑在楼上一走动，天花板就吱吱嘎嘎地响。庄园女孩和朋友们又是尖叫又是大笑，但她们都在黑暗里撒完了尿。

后来有一天，爸爸决定搬回锯末小屋。好几年来，我们开车路过那里时他甚至都不朝房子的方向看一眼，可突然之间,它又变回了那座普通的木屋,有着会呼吸的结构与完备的基础设施。突然之间,它和妈妈、妈妈失去的头颅以及门廊上的洞都毫无关系了,当然,门廊已经被修复。突然之间,爸爸开始用过去时谈论妈妈;突然之间,他居然愿意谈论妈妈了;突然之间,爸爸着手修建露台,虽然之前他还说四十年代风格不适合我们。

没人想到去找猎鬼师。"基础设施都好好的。"爸爸在他的露台上敲敲打打,向我保证。他怎么可能知道妈妈留在了锯末小屋,正默默地潜伏着?他已经用过去时来谈论妈妈了,怎么可能留意这种事呢?

就这样,克丽丝塔搬进了锯末小屋,还带来了她的白色家具和一堆叮叮当当的玩意儿。这些玩意儿包括一套珠串挂帘、一个装满贝壳的玻璃瓶、一座瓷天使像、一对中国保健球和一套用来放茶蜡的玻璃碗。

克丽丝塔此前一直过着单身生活,因此她所有的东西都是女性用品。她有一张白沙发、一张白桌子、一把扶手椅和许多印着英文广告语的装饰靠垫。她在洗手间的毛巾上方贴了手绘小标签,写着"擦手用"、"客人用"和"兔宝宝用"。她喜欢把餐桌布置得很漂亮,点起蜡烛、摆好食物,再给整张桌子拍照。

"好啦,萨拉,搬回自己家的感觉怎么样啊?"搬家那天,克丽丝塔问。

"超大庄园也是我家。"庄园女孩回答。

"可是,你知道,"克丽丝塔继续说,"人在一生里可以拥有许多不同的家。我成人以后有过五个家呢。不对,六个。"

"如果你总是一个人住,为什么会有双人床呢?"我问。

"萨拉。"爸爸严厉地看着我。

"我只是问问。"

"我们以后再聊这个。"爸爸说。对于不想再谈的话题,这就是他的标准应对方式。

"嗨,我买了个大门上的装饰品!"克丽丝塔喊道。她从包里掏出一个系着绸带的白柳条门饰,上面写着"家,甜蜜的家"。

"我觉得你操心霉菌或者渗水问题时,这个可以让你平静下来。"克丽丝塔大笑着在爸爸的脸颊上亲了一口。克丽丝塔敢在所有这些稀奇古怪的地方取笑爸爸。

大人总是问你感觉怎样,可你又能怎么回答呢?这种问题本身就怪怪的。我们第一次来锯末小屋打扫卫生时,爸爸让我去清洁柜里拿个桶,但我连这个柜子在哪里都不知道。

不过，话说回来，站在门厅里寻找清洁柜时，我突然清晰地想起了之前度假归来时家里的气味。如果每天都在家里生活，你是闻不到家的气味的，但如果你离开了一星期，家就会散发出自己的味道。

我小时候的气味是这个样子的。

也许房子与它的居民之间有着一种联系：房子有居民的气味，居民也有房子的气味。我们搬到超大庄园后改变了气味，现在我穿着大了一号的新衣服，散发着高高的房间、砖炉和羊毛的味道。

最后爸爸自己来拿桶了。

"这么点小事都没法指望……"他嘟囔着，穿过门厅来到厨房。

清洁柜不在门厅里，而是在厨房食品柜的旁边。就连柜子里吸尘器的颜色也和旧照片里我坐在上面的那台吸尘器不一样了。

7

我被幽灵惊醒了。它已在我的床边坐下，压住我毯子下的双手，令它们动弹不得。它的模样既不狰狞，也不丑恶，只是散发着死亡的气息。妈妈的幽灵注视着我，但我从它的表情看出，它没有认出我来。

它向我弯下腰，蠕动着嘴唇。它的深色长发以熟悉的姿态垂挂下来。一开始我只听见嘶嘶声，然后我感觉到了它的呼吸。

我的脸颊冰凉。

接着它吐出了几个字眼。就像正在搜索频道的收音机一样，这些字句虽然出了口，却很难听清。最终，我从嘶嘶声里分辨出一声低语：

喊嚓！咔嚓！喊嚓！

过了一会儿，又是：喊嚓！咔嚓！喊嚓！

我不想再听了——我知道这是什么意思。我小的时候，妈妈有一回从图书馆借了《蓬蓬头彼得》，因为她觉得这书很有趣，但我被《蓬蓬头彼得》吓坏了，一周后书便被还了回去。我吓得甚至不敢接近"H"开头的书架，因为《蓬蓬头彼得》就藏在那里。

喊嚓！咔嚓！喊嚓！妈妈低语道。

"求你别这样。"我轻声哀求。

但妈妈还在继续，随着儿歌的节奏将剪刀弄得咔咔响：

门儿一打开,他就跑进来,

高个头、红裤子的剪刀男。

孩子们,快看!裁缝过来啦,

抓住了爱吃拇指的小坏蛋。

喊嚓!咔嚓!喊嚓!剪刀剪得快,

康拉德哭起来——哇!哇!哇!

喊嚓!咔嚓!喊嚓!一眨眼,

他的两根拇指都被剪断!

幽灵转身对着我,挥舞着剪刀。我将双手藏在背后,下巴紧紧压住毯子的边缘。幽灵奋力想钻进毯子里,当它转头时,长发也随之晃动。然后它在我床边的地板上坐下,抓住毯子一角,开始从毯子边缘剪下一条布来。剪刀咔咔作响。

喊嚓,咔嚓,喊嚓,毯子的边缘被剪开了。

"太大了。"幽灵用沙哑的声音说。

它抓着毯子,继续剪布条,这一回是沿着毯子上缘剪。喊嚓,咔嚓,喊嚓,剪刀剪到了我下巴底下。

幽灵从我胸部上方爬了过去,我感觉到妈妈的头发扫过我的脸颊。

"太大了。"幽灵喃喃地又说了一遍。它转到床脚,开始沿着毯子的第三条边剪布条。

轮到剪第四条边时,我蜷起双腿,避免剪刀碰到我的脚趾。喊嚓,咔嚓,喊嚓,它把毯子下缘也剪掉了。

然后它停手转身对着我的脸。它打量了我一会儿,神情还是像之前一样空洞。

"太大了。"那缥缈的声音又说。

突然之间,它就消失了。

寒气渗进了毯子下面,我很冷。我想着布鲁诺,我始终不明白为什么它的亲生母亲想要咬掉它的耳朵。刚才发生的事,我也同样不明白。

我躺在床上,安静地等着。妈妈没有回来,没有剪刀的咔咔声。在超大庄园,我可以藏进墙中的密室,但是这里没有能建造密室的空间。这是一座健康的房子,有着会呼吸的结构,然而无济于事。

8

我还记得我们是怎样吃完了最后一罐冻草莓,罐子上还贴着妈妈手写的"2010"标签。安努姑姑当时刚刚清过锯末小屋的冰箱。

我们缓缓地吃着草莓。草莓表面的冰与糖凝结成了一层脆壳,吃起来又凉又甜,十分可口。没人提起妈妈的菜地、碎冰、门廊或草莓金字塔。爸爸的轮胎滚下台阶后,草莓金字塔就再也建不成了。

我记得妈妈将草莓收进罐子时,被染成了红色的手指。扑通,扑通,草莓落进了塑料罐子,最上面的糖发出沙沙声。妈妈舔着红色的手指,把小个头的草莓放进自己嘴里。她用刀把过大的草莓切成两半,刀也染上了草莓汁的红色。

9

厨房里冷冰冰的,烟雾缭绕,克丽丝塔在做松饼。这是我生日的早晨,克丽丝塔决定做松饼给我当早餐。窗户开着,油烟机呼呼运转,但整个一楼还是灌满了烟。

克丽丝塔只穿着睡衣,在炉子前冻得够呛。这让她很生气。其实就我看来,她大可以放下手中的活儿去穿衣服,但克丽丝塔似乎认为只有松饼做好了,生日庆祝才算开始。

克丽丝塔的松饼比正宗的松饼薄,她只和了一点点面糊,不过量也足够保证我们每人能吃到两个。真的,她能有做松饼的心意，本身就够奢侈了。我想念安努姑姑，她在厨房里总是很放得开手脚。她一周开车去一次商店，买回一大堆食物。她做一次炖菜能吃三天，做的松饼还够我们第二天晚上当点心吃。

"饼上要放打好的奶油！不然就不算正宗的生日松饼！"克丽丝塔坚持着，顺手往我的松饼上浇了一勺那玩意儿。

"我不喜欢。"

"尝尝看！吃了你就知道了。再放点果酱，外加一片薄荷叶，然后我来拍照——等等！"

克丽丝塔拿起手机，给我的松饼和奶油拍了一张。然后她在照片下输入"生日快乐，萨拉！"并把它发到了网上。

爸爸和克丽丝塔送了我一个吹风机。

"这是安努送的，"爸爸说着，从厨房柜子里取出一个布卷，"她离开前把它藏在了这里。里面应该有张卡片。"

我展开布卷，这是一块色彩缤纷的碎呢毯。

在布卷里，我发现了一张卡片，上面印着一面模样老旧的马赛克墙，马赛克拼成了蝴蝶的形状。卡片上写着：

生日快乐,宝贝!还记得它们吗?你的青蛙连帽衫、紫灯芯绒裤子、小马宝莉短袖衫,还有天使睡衣。(相信其他衣服你也认得出来。)我觉得把这些衣服留着当纪念品挺不错——就像捡贝壳当纪念品。嗨,现在你成了一只真正的蝴蝶,已经满十二岁了!拥抱你,亲吻你!没地方再写了。安

"安努姑姑还会回来住在超大庄园吗?"我问。

"谁知道呢。"爸爸喃喃地说。

安努姑姑离家去广阔天地搜集故事后,爸爸很是恼火,因为超大庄园要归他管了。凛冬将至,蔚蓝之屋还没贴墙纸,过冬的木柴也没人订,而且我们也不知道该怎么处理绵羊。

我注视着安努姑姑织的毯子,这张毯子还是她非常喜爱的方形。毯子比我的身高稍长一些,如果我躺在毯子中央,将它裹在身上,就会被包得严严实实,像茧中的毛毛虫。

我的整个旧衣橱都被织进了毯子里,它们被剪裁成粗细均等的布条,作为纺线被绷在了织布机上。都是很久之前我搬到超大庄园时穿的衣服。毯子里织着棉布条、牛

仔布条、褶边布条，甚至还有两根衬裤裁成的布条。它有粉色，有橙色，有褪色的蓝色和绿色，其中还夹杂着红色雨衣的反光。我那时真是个多彩的姑娘，而且特别钟爱褶边。

在毯子边缘，安努姑姑缝了纽扣和各色拉链编织成的装饰。这些色彩互相交融，令我联想到水和油搅拌在一起的样子。一切都混合在一起，但我依然能将每件衣服分辨出来。

但这条毯子最令人惊叹的地方，还在于它是如此柔韧结实，如此平整。安努姑姑不知用了什么法子，竟将这些松散的、流动的、耀眼的、飘忽的材料织成了一块齐齐整整的长方形。毯子的两端都缝得很完整，色彩也很协调。看，它从这里开始，到那里结束。那便是结局了。

我上了楼。我的新房间铺着蓝灰色的木地板。我能看见玩偶屋和窗外门廊的台阶。也许正因为窗口面对着花园台阶，爸爸才不愿睡在这里。台阶后就是妈妈的菜地，以前妈妈晨起后的第一件事，就是从这扇窗户望望天空，看看当日的天气如何。

我有了新窗帘：白色底布上有蓝色蝴蝶。

我把安努姑姑送的生日毯铺在地板上，大小正合适，仿佛她早就猜到有一天楼上的大卧室会属于我。仿佛我的旧衣服早就知道有一天它们会被裁成布条，铺在蓝灰色的地板上。爸爸连我想要哪个房间都没问过，只说这样我能有自己的空间，能有一点隐私，然后便把我安排在楼上。我都不知道自己需要空间和隐私。庄园有十五间卧室，空间可是要多少有多少。

我躺在新毯子上。我用手指轻触着一条绿色的青蛙连帽衫，它也给予绿色的回应：呱呱，见到你真好。

10

幽灵再次来临时，带着一把切肉刀。它像妈妈当年一样在我床边坐下，开始讲故事。

很久很久以前，有姐妹俩想嫁人，幽灵用刮擦般的声音说，王子前来让她们试穿一只鞋子，他决定只要有姑娘能穿进这只鞋，就娶她为妻。姐妹俩想碰碰运气。

幽灵的刀散发着绵羊的气味，爸爸一定是没有清洗就把它丢在了水槽里。我一整晚都躺在房间里，想将漫上楼梯的烤羊肉味堵在门外。我无法相信他们杀死了布鲁诺。

"把鞋给我——让我试试！"大姐说。她坐下来试穿鞋子。

但她的脚趾太大了。"把脚趾削掉,把脚趾削掉。"继母说着递过了刀,"反正当上王后,你也不用走路了。"

于是大姐拿过刀,削掉了大脚趾。她把脚塞进鞋里说:"穿上了!"

看来刀子只是个道具,这次幽灵不打算切掉任何东西,但它还是在说"穿上了"的时候举起刀强调了一下。

王子对鞋里涌出的鲜血大惑不解,把鞋要了回来。

然后二姐说:"把鞋给我——让我试试!"于是她坐下来试穿鞋子。

但二姐的脚跟太大。继母又一次递过刀说:"把脚跟削掉。反正当上王后,你也不用走路了。"

然而王子还是对鞋里涌出的鲜血大惑不解,再次把鞋要了回来。

"把鞋给我!"大姐说着把脚削掉了。她把腿部的断桩塞进鞋里说:"穿上了!"

"把鞋给我!"二姐说着把她的脚也削掉了。她

这里无事发生

把腿部的断桩塞进鞋里说:"穿上了!"

"把鞋给我!"大姐说着把小腿削掉了。她把膝盖塞进鞋里说:"穿上了!"

"把鞋给我!"二姐说……

当姐妹俩的腿削得一点不剩时,王子拿起染满鲜血的鞋子,去另一户人家找下一个姑娘了。姐妹俩没有结婚。结局。

幽灵等待了一会儿,举着刀,非常得意。当我睁开眼睛,意识到故事已经讲完时,它就消失了。我饿坏了。从学校回家后我什么都没吃,因为厨房桌上堆满了鲜血淋漓的羊肉包裹,现在我的胃饿得发疼。我沉默地坐起身,悄悄走下楼去。

进厨房时我没开灯,我不怕这座房子。

我从冰箱里取出黄油和奶酪,这才发现克丽丝塔正站在窗边,她望着窗外黑暗的花园。她在夜晚看起来总是这么失落,仿佛想不起自己为何身处此地,而这又是怎样的一座房子。现在她转身看着我。

"你做噩梦了?"她问。

我点点头。

"我也是。"她说。

这便是结局了

也许幽灵也到一楼去过。我怎么知道呢？也许每个人都有一个属于自己的幽灵。我注视着克丽丝塔，看她还有什么话说，但她只是转回身继续看着窗外。

肮脏的切肉刀躺在水槽里。

我用黄油涂了三片面包，将克丽丝塔留在了黑暗中。

11

妈妈的物品被打包进三个大纸箱，放在阁楼上。第一个纸箱放着正式文件、两本相册、几捆用纱线扎着的信、外公的帽子、外婆的勺子、妈妈的编织婴儿鞋、一份棕色阿姨种植南瓜的剪报、妈妈的学位帽、几个旧杯子，还有一本讲述棕色阿姨、棉花糖阿姨和硬汉阿姨村庄历史的书。爸爸说等我再大一些，就可以决定如何处理妈妈的物品，但在那之前要把它们存放在阁楼上。

另一个箱子里放着妈妈的衣服。我几乎能穿上妈妈的宴会服了。挂在衣架上时，这些衣服看起来还是活着的，但当爸爸把它们取下来叠成平整的一沓时，它们就死了。我能听到的。当爸爸叠起一件灰色大羊毛衫时，我听见它呼出最后一口气便瘫软下来。

第三个箱子装满了鞋。多数鞋对我来说还太大，但有双深黄色的靴子很合脚。它们有着木质鞋跟和尖头,穿上后走起路来嗒嗒响。穿着它们没法又跑又跳,只能稳稳地迈步子。有时我会穿着它们走到商店,再走回来。我喜欢它们带着回音的嗒嗒声。

幽灵来得越多,就越发地不像妈妈。那些熟悉的、与妈妈相似的特征减退了,幽灵越来越瘦,压在我身上的重量也越来越轻。接着它开始失控,好像电量不够了一样,它的声音夹着杂音,形象模糊变形,故事也混淆不清。也许幽灵是需要电池的,如果不充电,电量最终就耗尽了。

很久很久以前,有个小妹妹丢失了用鸡骨头做成的钥匙,幽灵开口道。

它的故事总是从中间说起,而且只讲令人作呕的情节。我知道关于骨头的这一段,每次吃鸡时我都极力避免去想它,就如同每次厨房溢出炖羊肉的迷迭香味时,我都极力不去想布鲁诺。

真是个白痴!幽灵冷笑道,除了喊嚓、咔嚓、喊嚓外什么都没用。你把钥匙丢掉是为了什么?举起手来,谁有手指?哈,现在继续,现在继续。小妹妹拿起刀,剁下自己的小拇指,用它打开了门。这便是结局了。

安努姑姑总是想拉许愿骨。这需要两个人用小拇指钩住许愿骨，拉扯到骨头折断为止，得到较大断骨的人可以许一个愿望。我很讨厌骨头折断的声响，所以宁愿不拉。再说姑姑已经中了两次大奖，不大可能需要更多愿望了。有的时候，较大的骨头正好到了我手里，我就许愿让妈妈给我送来一条信息，但这信息我从未收到过。

我看不出这种拉断骨头的游戏有什么可玩的。

幽灵把手指弄得咔咔响。它先是一根根地拉扯它们，然后将双手交握在一起，压碎了所有的关节。妈妈从来没这样做过。意识到这一点时，我感觉到一种奇异的力量。

幽灵继续讲故事：一个牧羊人来了，在海岸边发现了骨头。他把骨头削成了号角的哨嘴。

"你都说过那是结局了。"

幽灵停下来看着我。

"故事已经讲完了。"我又说了一遍。

很久很久以前，有一把号角，幽灵纠正了自己的话，将其改成新故事的开头，牧羊人吹响号角，号角就唱起歌："墙里有个女孩！谋杀！谋杀！"她的兄弟们听到骨头的歌声，便砸开了墙壁。一具少女的骨骸从锯屑中滑落到地板上，只缺了一块骨头，就是在号角上唱歌的那一块。兄弟们找到继母问："把少女活埋进墙壁的人应该得到怎样的惩罚？"继母回答："该把这个恶人封进钉满尖

这里无事发生

钉的桶里,从山坡一直滚到海里去。"

"你刚给自己判了刑。"兄弟们说着,把继母关进钉满尖钉的桶里,从山坡滚了下去。继母凄厉地尖叫着向下翻滚,最后沉入了陆地尽头的海水中。

"你不是我妈妈。"我对幽灵说。

两张镶在金色相框里的 X 光片挂在墙上。第一张是肩膀,第二张是我的牙齿,是在我戴牙箍时拍的。我向医生要来了 X 光片,让爸爸给它镶了个金色相框,好与第一张相配。

我身体里有真正的骨骼。虽然幽灵的关节会咔咔响,但如果医生给它照 X 光,是照不出任何东西的。我嘴里有牙齿。有些牙还在牙龈中抽痛着,因为没有它们生长的空间了,但它们仍然存在。

12

后来有一天,放学回家时,我听见爸爸和克丽丝塔在谈论妈妈。我站在门厅里听着,我想知道他们有没有见到幽灵。

"也许汉内莱注定不会以平凡的方式死去。"爸爸的声音传来，"她整个人都是那样不真实，好像是从电影里剪出来的。也许她正需要那样的死亡。"

这毫无疑问就是爸爸的声音。他究竟是什么意思？驱熊铃在哪里？巧克力在哪里？妈妈不需要任何形式的死亡！他到底在搞什么？

爸爸和克丽丝塔陷入了沉默。也许爸爸正在克丽丝塔头上印下一个道歉的吻，但他很快就又开口了："不得不说，汉内莱看不到花园反而更好，看看它现在这个样子，简直就是片丛林。"

我的喉咙缩紧了。他真的在说妈妈死了更好吗？这样她就不用看丛林一般的花园？如果妈妈还活着，花园根本就不会变成丛林的样子！它之所以长成丛林，是因为爸爸在床上躺了一年，然后又玩起捉迷藏，开车经过锯末小屋时都当它不存在！

爸爸已经把妈妈收进了包裹。时间治愈了爸爸，童话故事中的角色也死了。爸爸，曾经痛哭哀号、在火炉里灌满"为什么、为什么"的爸爸，正若无其事地坐着，满嘴"哦，是啊，这个结局挺合适的"。

爸爸给妈妈画上了句号。他没有见到幽灵，如今他正忙着修建露台，并认为一大块冰对妈妈来说是个合适的结局。他不想念驱熊铃，因为现在他有了克丽丝塔，后者带

这里无事发生

来了叮叮当当的玻璃珠。如果幽灵能用剪刀把他的脚趾剪掉就好了。

就在此时，客厅里传来一声巨响，整座房子都颤动起来，一撮锯末散落在地板上。我不假思索地拉开厨房门，走了进去。墙壁里，有什么东西正纷纷洒落下来。

这时我的脑子才恢复了工作，涌现出各种念头。也许是鸟撞上了窗户，也许是驼鹿撞上了墙，也许是幽灵把书柜弄倒了，也许又有什么东西从天而降。

客厅的后墙上，半块嵌板被崩开了。墙上有一道裂纹，碎裂的木条龇牙咧嘴，一大堆锯末倾泻到地板上，我刚才在门厅听到的洒落声正是这些锯末造成的。我瞪大眼睛站在那里。

裂开的嵌板里长出了一棵苹果树。

一棵苹果树。

它纤细的树干从嵌板里钻了出来。主干上抽出三根枝条，上面有几片色泽浅淡的树叶。这株幼苗一定已经在嵌板下面生长了很长一段时间，它慢慢地压迫着嵌板上方固定用的板条，直到最后像一张弓一般弹开，将墙壁撑得破裂开来。小树直起了腰，贪婪地向着窗户伸展。

这便是结局了

我听见爸爸在卧室里走动，接着他出现在厨房门口。

"你也听见声音了？"爸爸问，然后他看见了客厅的墙。他在门口停住脚步，目瞪口呆。

"是棵苹果树。"我说。

克丽丝塔出现在厨房里。她露着肚子，裤腰向下翻，上衣则向上卷着。她用手掩着打呵欠的嘴。

爸爸依然一言不发。他挠着头，深深吸着气。

"你怎么知道这是苹果树？"克丽丝塔问。

"是不是苹果树又有什么关系？"爸爸喊道——与其是对克丽丝塔喊，不如是对他自己。

"不知道，"克丽丝塔回答，"可……它是从墙里长出来的。"

"看叶子，"我回答，"苹果树的叶子就是这样。"

"可它怎么会从墙里长出来？"克丽丝塔不依不饶地问。

我走到树旁，脚底沾了锯末。我绕开木板碎片，向嵌板中窥探。树根在刨花板后蜿蜒生长，消失在地板下。锯末发暗发潮，向外散发着泥土的气味。

苹果树虽然颜色浅淡，模样却很壮健。我抚摸着它轻盈的树干。我小时候曾将苹果籽塞进墙壁或地板的裂缝，它一定就是其中一颗。这么多年来，它一直在生长。

我打量着墙壁。我还记得嵌板下肮脏的墙纸，还有家具搬走后在墙纸上留下的浅色影子。多年前,就在这里,妈妈在一个翻修日画下了我的轮廓。青绿色紧身裤、两条小辫子和带小球的头绳。我非常确定,苹果树就长在那个地方。

碎木片、四分五裂的木板、扭曲的钉子。也许爸爸是对的:长大的确会痛。

爸爸转身去做咖啡,很快咖啡机就冒起泡来。他又回到客厅,从地板上捡起一块松脱的板条,弯腰检查着墙壁。他将手塞进墙里,抓出一把锯屑闻了闻,然后又抓了一把。这一次,他抓出的是木材发黑朽烂的碎屑。他大口大口喘着气,打量着天花板边缘、窗框和房间的角落。

"唉,这可怎么办?我早就知道……我早知道会这样。"

爸爸捏紧了手中黑色的木屑。往洞里看能看到一块木板,他伸手进去一拉,腐烂的木头就像薄脆饼干一样裂开了。

"这里一定进了雨水,很潮——整面墙都很潮,潮湿了,腐烂了……"

"现在我们该怎么办?"克丽丝塔问。

"你是说这面墙?"

"还有其他的一切。"

"我不知道,"爸爸回答,"我真不知道。"

突然,我们听见一声啜泣。爸爸和我转过身,看见克丽丝塔站在房间中央。她站在那里,手边连一件能扶的家具都没有,显得非常无助。她在发抖。

"帮我,快帮帮我。" 克丽丝塔在哭。她将手按在嘴上,看样子极其需要椅子、爸爸或者其他的支撑物。

"胎动了。"她捂着嘴急促地说。

爸爸走向克丽丝塔。他刚用胳膊搂住她,她体内便传出了水花泼溅的声音。

13

有的时候,世界末日会降临。有的时候,天堂会爆炸。有的时候,某人毫无预兆就送了命,别人根本没时间反应。也许那样的人会试图以幽灵的形式回来,继续讲被打断的故事。不过死者真的应该安静退场,应该站在路边,任汽车开走;应该褪去色彩,只留黑白;应该渐行渐远,成为属于过去的人物。

也许我们一家人的结局总是这么不幸,也许这就是我们爱看比利时侦探破案的原因。他肯定能完成房屋的翻新、讲完所有睡前故事、看望棉花糖阿姨，还能将每一次死亡都解释得透彻清晰。他的情节里没有一句废话，他的衣服完美合身——不留一丝余地和缝隙。他会写一封信，留在适当而显眼的地方。

他永远高雅出众。他的每个问题都对应一个答案。他的肩膀好好地长在肩窝里，脚趾也完好齐全。

但我们只是站在这里。我们看着，我们等着。克丽丝塔漏着海水，爸爸挠着朽烂的墙，咖啡机嗡嗡作响。会有人把我们叫进图书室讲解案情吗？会有人将所有一切镶进金色相框吗？或者仅仅需要医生一个拉扯，手指就能重新活动起来？

世界依然存续，没有一件事变得清晰明朗，但时间能够疗伤，人们能够遗忘。幽灵的电池耗尽了。万事如常发生，在错误的时间、不同的时机、错误的地点彼此交错。天使无法控制这个世界，因为注定总有人忘记收听新闻，看不该看的东西，或者站在错误的地方。

这便是结局了。